Der Prozess

审判

[奥] 卡夫卡 著

宁瑛 译

SPM 南方传媒 | 花城出版社

中国·广州

图书在版编目（CIP）数据

审判 / (奥) 卡夫卡著 ; 宁瑛译. -- 广州 : 花城出版社, 2023.7
ISBN 978-7-5360-9929-6

Ⅰ. ①审… Ⅱ. ①卡… ②宁… Ⅲ. ①长篇小说—奥地利—现代 Ⅳ. ①I521.45

中国国家版本馆CIP数据核字(2023)第042830号

出 版 人：张　懿
项目统筹：陈宾杰　蔡　安
责任编辑：王铮锴
责任校对：汤　迪
技术编辑：凌春梅　林佳莹

书　　名　审判
　　　　　SHENPAN
出版发行　花城出版社
　　　　　（广州市环市东路水荫路11号）
经　　销　全国新华书店
印　　刷　唐山富达印务有限公司
　　　　　（唐山市芦台经济开发区农业总公司三社区）
开　　本　889毫米×1194毫米　32开
印　　张　7.5　2插页
字　　数　143,000字
版　　次　2023年7月第1版　2023年7月第1次印刷
定　　价　45.00元

如发现印装质量问题，请直接与印刷厂联系调换。
购书热线：020-37604658　37602954
花城出版社网站：http://www.fcph.com.cn

这道门没有其他人能进去，
因为它是专为你而开的

卡夫卡 | Franz Kafka

（1883—1924）

奥地利小说家，
生前默默无闻，死后享誉全球。

卡夫卡英年早逝，仅活了四十一个春秋。这位世界现代文学的开拓者和奠基者之一，就其本人生活经历而言，除了三次订婚又三次解除婚约、终生未婚之外，再平常不过。

然而卡夫卡的作品难以理解，这是评论界公认的。奇异吊诡的想象，违反理性的思维，不可捉摸的象征，毫无逻辑的描述；没有起始，没有结尾，没有具体的时间和地点，也没有明确的方向，可以说其作品是建立在悖谬和荒诞上的。爱因斯坦在谈到卡夫卡的作品时说："它反常得令我读不下去！"爱因斯坦尚且如此，何况我们一般人呢。

1883 年 7 月 3 日，卡夫卡出生于犹太商人家庭；18 岁入布拉格查理大学攻读法律；1903 年开始写作，主要作品为四部短篇小说集和三部长篇小说。可惜生前大多未发表，三部长篇也均未写完。他生活在奥匈帝国即将崩溃的时代，又深受尼采、柏格森哲学影响，对政治事件也一直抱旁观态度，故其作品大都用变形荒诞的形象和象征直觉的手法，表现被充满敌意的社会环境所包围的孤立、绝望的个人。

卡夫卡的一生，既没有做出什么惊心动魄的英雄业绩，也没有什么惊世骇俗的举动，既非春风得意，亦非穷困潦倒；既非一帆风

卡夫卡青少年时期

18 岁时的卡夫卡

顺，亦非颠沛流离；既非功成名就，亦非默默无闻。从形而下来看，一常人也。然而从精神层次来进行观察却迥然不同，这是一个充满了矛盾和冲突、痛苦和磨难、孤独和愤懑的内心世界；这是一个憎恶现实而显得无奈，痛恨社会而又心存恐惧的人生。

在卡夫卡的一些作品里，在他的日记、书信和杂感中，一再会遇到“恐惧”这个词。恐惧外部世界对自身的侵入，恐惧内心世界的毁灭，恐惧表现为诸种形式的社会存在。正因为他受到恐惧的左右，于是对生活于其中的城市，他所遇到的人们眼中正常的一切，他对自己的生活，他的家庭，他的亲人，他的恋爱、婚姻、职业，甚至他视为生命的写作，都怀有一种巨大的恐惧。

卡夫卡把写作看作自己人生的最大追求，这是维持他生存的形式，然而恰恰又是写作使他产生了巨大的恐惧。对他说来，写作成了为魔鬼效劳而得到的一种奖赏，是一种带来死亡的恐惧。他渴求爱情，渴求建立家庭，然而也正是由于恐惧，恐惧爱情和家庭会使他失去自由，会影响他的写作而迟疑并最终放

卡夫卡获博士学位时（1906）

弃。对卡夫卡而言，恐惧无处不在，生活中和精神上都是如此，并且已成为他潜意识中的一种追求了。

从卡夫卡 1903 年开始写第一部作品《一次斗争的描述》到他逝世的 1924 年，其间只有二十一个年头。他从来没有成为他毕生渴求的一个职业作家，始终在业余时间进行创作。他的文学作品数量并不多，除了一些中短篇以及速写、随感、箴言、札记，就只有三

卡夫卡护照像（约 1915）

部长篇，且均没有最终完成，这就是《失踪者》《审判》和《城堡》。然而就是这数量不多的作品为卡夫卡死后赢得了世界性的声望。

卡夫卡被认为是现代派文学的鼻祖，是表现主义文学的先驱，其作品主题曲折晦涩，情节支离破碎，思路不连贯，跳跃性很大，语言的象征意义很强，这给阅读和理解他的作品带来了一定的困难。卡夫卡的作品不是通常意义上的作品，他笔下的现实是一个被扭曲的现实，他创造的世界是一个梦魇的世界。读他的作品绝不是一种消遣，不仅仅是费力、费心，有时更是一种精神上的折磨。

卡夫卡是个自传色彩很强的作家，几乎每一部作品都是在写他自己，表现他自己的内心世界。作品中的人物不仅名字与作家本人的名字有着这样或那样的联系，更为重要的是，他们都有着与作家本人相似的人格属性和心理特征。卡夫卡赋予了他的人物与自己相

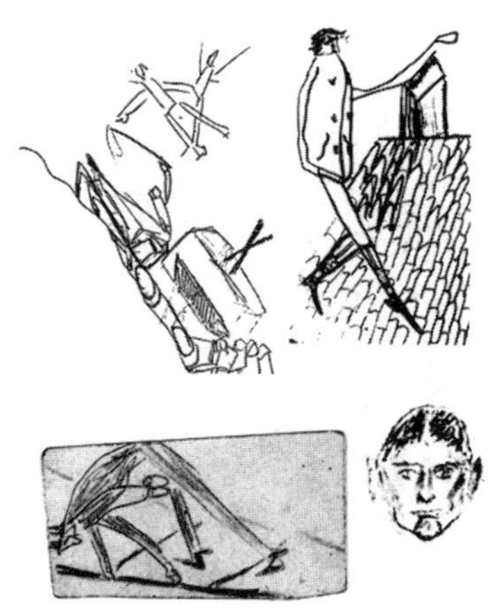

卡夫卡绘画作品

同或相似的人格属性。凡是重要的人生体验和感受，在他的作品中都能得到充分的体现。他的小说是他生存体验的总结和内心世界的外化。

说到卡夫卡的作品，也要谈一下他生前的好友——作家马克斯·勃洛德(1884—1968)，没有他，卡夫卡最重要的三部长篇以及除生前零星发表之外的大多数作品早已化为灰烬了。卡夫卡曾两次以书信形式的遗嘱，要勃洛德在他死后把他的一切著作均付之一炬：

在我写的全部东西中，只有《判决》《司炉》《变形记》《在流放地》《乡村医生》和一个短篇故事《饥饿艺术家》还可以……我说这五本书和一个短篇还可以，那意思并不是说我希望把它们再版，流传后世，恰恰相

马克斯·勃洛德

反，假如它们完全失传的话，那倒是符合我的本来愿望的。……

然而，此外我所写的一切东西（刊登在报章杂志上的作品，手稿或者信件），只要可以搜罗得到的，或者根据地址能索讨到的——所有这一切，都毫无例外地予以焚毁，我请求你，尽快地给予办理。

从中可以看出卡夫卡是如何斩截决断地对待自己的作品，这在整个世界文学史上都是罕见的。卡夫卡决意消除掉一个毕生追求成为作家的他所留下的任何痕迹。

然而，作为他的遗嘱执行人的勃洛德却违反他的本意，把卡夫卡的所有文字都保留下来，一一加以整理出版，并在1935—1936年出版了六卷本《卡夫卡文集》和九卷本文集（1949—1950）。没有勃

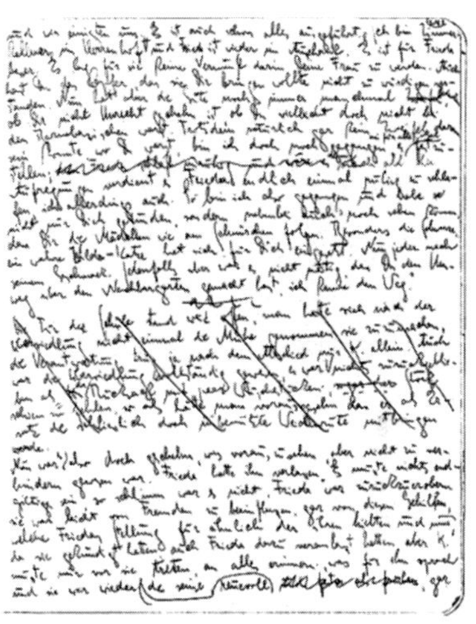

长篇小说《城堡》手稿

洛德，卡夫卡充其量只是一个小作家而已，有了勃洛德，才让卡夫卡赢得了世界性的声望。

不同阶层的读者，不同的心态，不同的时代，不同的场合，不同的角度，都会成为解读卡夫卡作品的一个重要因素。卡夫卡所构建的是一个象征的、寓意的、神秘的、梦魇般的世界。那里面五光十色，光怪陆离，有离奇怪异的场景，有超现实、非理性的情节，有形体上和精神上“变形”了的人，人物有荒诞的非逻辑的行为举止。

卡夫卡一生都在苦苦探求人生的价值与意义，但至死都无法对他的思考和探索给出令他自己满意的答案和结论。卡夫卡不是去复制、去摹写、去映照现实，而是独辟蹊径用非传统、反传统的方式去构建了一个悖谬的、荒诞的、非理性的现实；借助细节的真实和内在的逻辑力量，使这个现实比形而下的现实更为真实。

目录

KAFKA

第一章　被捕

肯定有人诬告了约瑟夫·K，因为他没干什么坏事，就在一天早晨被捕了。他的女房东，每天给他送早餐的格鲁巴赫太太今天没来。还从来没发生过这种情况。K等了一会儿，倚在枕头上，朝着住在他对面的老太太望去，那个老太太正在用一种不寻常的好奇的目光打量着他。但是K此刻觉得奇怪，同时又感到饿，就按响了铃。立即响起了敲门声，走进来一个他在这个住宅里还从来没有看见过的人。那人很瘦，但结实，穿了一件剪裁得合身的黑衣服，像是一套旅行装，上面打着许多褶，还有许多口袋、环扣、纽扣和一根腰带，因此看上去似乎非常实用，尽管人们没弄明白那些东西是干什么用的。

"您是谁？"K问，同时立刻从床上坐起身来。

那人没理会他的问题，仿佛必须让K接受自己的出现似的，只说了一句："您按铃了吗？"

“安娜应该给我送早餐来。”K 说。他说着同时想集中注意力思考，确定这个人究竟是谁。但是这个人不想引起他太多的注意，而是朝着他稍微开了一点的门走去，以便向显然紧贴着门后站着的那个人说：“他认为，安娜该给他送早餐了。”

旁边的屋子里传来一阵轻微的笑声，从声音上还不能确定，是不是有好几个人在发笑。虽然陌生人并没有从笑声中听出什么他自己本应该更早一点就知道的答案，却用通告的语气对 K 说：“那可不行。”

“这可真新鲜啦。”K 说着从床上跳起来，迅速穿好他的裤子，“我倒要看看隔壁是些什么人，看看格鲁巴赫太太怎么向我解释这种干扰。”然而他突然想到，他本来用不着这么大声说话，这样他倒好像是在某种程度上承认陌生人对他的监视权了，但是现在这对他来说已经无关紧要了。

不管怎么说陌生人倒确实是这么理解的，因为他对 K 说：“您不觉得待在这儿更好吗？”

“只要您不说清楚您是谁，我既不想留在这儿，也不想听您跟我说话。”

“这是出于好意。”陌生人说着自作主张一下子把门敞开。

K 走进隔壁房间，脚步慢得出乎他的意愿，第一眼看上去，那里似乎和昨天晚上一样。这是格鲁巴赫太太的卧室，也许在这个放满了家具、垫子、布罩、瓷器，墙上挂满照片的房间里今天比平时稍稍宽敞一点，但是第一眼看不出来，特别是因为主要的变化是有一个人拿着一本书，坐在窗前。现在他从书上抬起眼睛往上看："您应该留在您的房间里！难道弗兰茨没对您说吗？"

"说了，您究竟想干什么？"K说，他的目光从这个新认识的人身上移向那个仍然留在门边、名叫弗兰茨的人身上，然后又收回来。透过敞开的窗户他可以看到那个老太太，她怀着老年人的好奇心走到对面的窗前，为了继续看这儿发生的一切。"我想向格鲁巴赫太太说——"K说，同时做了一个动作，好像从其实离他还很远的两个男子中间挣脱出来，打算接着朝前走。

"不行。"坐在窗前的那人说。他把书随手放到小桌上，站起身来："您不许出去，您被捕了。"

"原来如此，不过究竟为什么呢？"他接着问了一句。

"我们无权告诉您。回到您的房间里去等着。已经给您立了案，到时候您就一切都明白了。我这样和蔼地和您说话，已经超出了我接受委托的职权范围了。但是我希望，除了弗兰茨之外没人听见，他自己也是违背指令，对您相当友善的。如果以后在为您选择看守时您也这么走运，那就可以放心了。"

K想坐下，但是他发现，整个房间里除了窗户旁有把椅子外，没有坐的地方。

"您还将看到，这一切都是真的。"弗兰茨说着和另一个男子一道朝他走来。那人比K高得多，经常拍拍他的肩膀。两人打量了一下K的睡衣说，他现在必须换一件旧的衬衫，这件衬衫和其他的内衣，他们会给他保存；如果他的案子有好结果，这些东西将会还给他。“您把东西交给我们比交到仓库里好点，”他们说，“因为仓库里经常有小偷光顾，另外那里过一段时间人们就把东西卖掉，不管案子结了没有。但是近来这些诉讼要拖多久啊！最后您当然从仓库得到点钱，但是首先这点钱本来已经很少了，因为在卖东西时，不是出价的高低，而是行贿的多少起决定性作用；其次根据经验得知，这钱每过一个人的手、每隔一年就会减少一点。”

K 几乎没注意这些话，他不太看重对自己的东西或许还拥有的支配权，更重要的是弄清楚他自己的处境。但是当着这些人的面他根本没法思考，两个看守的肚子——只能说是看守——一再礼节性友好地撞他，但是当他抬头看时，看到一张与这个肥胖的身子根本不相称，干枯、瘦骨嶙峋的脸，脸上长着一个大鼻子，这张脸此刻正越过 K 的头顶朝一边扭着，和另一个看守用目光交谈。这是些什么人？他们在说什么？他们属于什么机构？然而 K 生活在一个法治国家，到处是和平、安定，所有的法律都很公正，谁敢在他的住宅里欺负他？他习惯于经常尽可能轻易接受一切，最坏的要到坏事真正来临时才相信，不为未来担心，即便是即将受到威胁。但是这儿这事让他觉得好像不对，虽然可以把整个事情看作玩笑，出于他不清楚的原因，也许因为今天是他三十岁生日，他的银行同事为他开的一个大玩笑，当然也很可能。也许他只需用什么方式当面嘲笑看守，而他们也会一起笑。也许是在街角干活的差役，他们的样子看起来和那些人没什么两样——尽管如此，这次他从第一眼看到弗兰茨时起就已经决定，不放弃也许对于这些人来说他占有的哪怕一点点的优势。在这件事中也许以后人们会说，他不懂得开玩笑，K看到有这种危险，但是他可能回忆起——平时他并不习惯于从经验中学习——几件本身无足轻重的事件，在那些情况下，他和他那些有心的朋友不同，对于可能产生的后果毫无感觉，结果受到了惩罚。这回不能再这样了，至少这次不能让它重演，如果这是一出喜剧，那么他要参加演出。

现在他还是自由的。“对不起。”他说着快步从两个看守中间穿过去，走向他的房间。“他好像还是明事理的。”他听见有人在他身后说。回到他的房间里，他立即拉开书桌的抽屉，里面一切都放得整整齐齐，但就是他要找的身份证，在情绪十分激动的情况下没找着。终于他找到了他的自行车证，已经想拿着它朝看守走过去，但是又觉得这张纸太轻了，于是他接着找，直到他发现了出生证。当他又回到旁边的房间时，对面的门恰好打开，格鲁巴赫太太正想进去。她只露了一面，因为她几乎没有认出K来，脸上露出的表情变得十分尴尬。她连声说对不起，就退了回去，并且小心地关上门。“您倒是进来呀。”K正好只来得及说出了这句话。现在他拿着证件站在房间中央，还朝门那儿看，门没有再打开。坐在敞开的窗户旁的小桌子边的两个看守的一声呼喊使他吓了一跳，K现在看清楚了，那两个人正在消灭他的早餐。

“为什么她不进来？”他问。

“她不可以，”高个子看守说，“您确实被捕了。”

"那我怎么会被捕呢？而且甚至以这种方式？"

"看，您又来了，"看守说，同时把一个黄油面包浸到蜂蜜罐子中，"这样的问题我们不回答。"

"您必须回答。"K 说，"这儿是我的身份证，现在给我看看你们的，首先是逮捕令。"

"哎呀，我的老天爷！"看守说，"您不肯顺应您的处境，您好像故意白费劲地刺激我们，我们现在对您来说可能是其他所有的人中对您最关切的了。"

"是这样，您可以相信这一点。"弗兰茨也说，他把手中拿着的咖啡托盘没有往嘴边送，而是用一种可能意味深长，但不可理解的目光久久看着 K。

K 本来已经在不由自主地用目光和弗兰茨交谈，但是然后用手指点着自己的证件说："这儿是我的身份证。"

"这究竟跟我们有什么关系呢？"这时高个儿的看守叫起来，"您像个孩子似的生气。您到底要干什么？您想就此让您那倒霉的诉讼快点了结吗？您和我们看守，讨论身份证和逮捕令吗？我们是下层职员，对身份证几乎不熟悉，在您这件事情上，除了每天十小时在您这里值班看守和为此得到工资之外，没有别的事好干。这就是我们在这里的全部原因，尽管如此，我们能够看出，我们在那里服务的上级机关在进行这个拘捕之前，对逮捕的原因和拘捕的人详细了解过了。其中没有误会。就我所知，我只认识级别最低的那些官员，我们的官方机构的确不是寻找民众中的罪行，而是像在法律中所说的，被罪行所吸引，必须派我们看守。这是法律。哪儿有误会？”

“这种法律我不懂。”K 说。

“那对您来说更坏。”看守说。

“法律可能只存在于你们的脑子里。”K 说，他想通过什么方式了解看守们的想法，使之对自己有利或是适应那些想法。

但是看守只是用表示拒绝的口吻说：“您会体会得到的。”弗兰茨插进来说：“瞧，威廉，他承认，他不懂法律而且同时声称无罪。”“你说的完全正确，但是什么也没法让他明白。”另一个人说。

K 没有再回答什么。他想，我犯得着让这些下层人的胡扯——他们承认，自己是最底层的——把我弄得更糊涂吗？他们谈的确实是他们根本不懂的东西。只是因为他们的愚蠢他们才能有自信。我和与我同等地位的人说的几句话，比起和这些人长篇大论来，将使一切问题清楚得多。他在房间的自由空间里来回走，在那边他看到，老太太搂住另一个比她老得多的老头的腰，把他拽到窗子旁。K 必须结束这种展览。“带我到你们的上司那里去。”他说。

“得等到他希望您去时，不能更早。”那个叫威廉的看守说。“现在我劝您，”他补充说，“到您的房间里去，安静地待着，等候吩咐。我们劝您，别为那些没用的想法费脑筋了，集中精力，将会对您提出很多重大要求，您这样对待我们，辜负了我们对您的友善。您忘了，不管我们是什么人，现在至少在您面前，我们是自由人，这可不是一个小的优势。虽然如此，我们准备给您从对面的咖啡店端一份早餐来，如果您有钱的话。”

K 静静地站了一会儿，没有理会这个提议。假如他打开旁边房间或客厅的门，也许那两个人不敢阻止他，也许把事情推到极端，是整个事件最简单的解决办法。但是也许他们会抓住他，一旦他被抓住，那现在他在他们面前从某种意义上说保持的一切优势都将会丧失。因此他把安全放到第一位，听任问题的自然解决，他回到自己的房间里，不论是从他这方面，还是从看守方面都没有再继续说什么话。

他倒在床上，从床头柜上拿过来一个挺好看的苹果，那是他昨天晚上为早餐准备的。现在这是唯一的早餐，不管怎么说，他刚咬一口就断定，这比可能由于看守的仁慈，他从肮脏的通宵营业的咖啡馆得到的早餐要好得多。他觉得舒服多了，而且断定，虽然他今天上午耽误了银行的工作，但是他在那里的职位相当高，这事容易得到原谅。他用得着真的解释原因吗？他打算这样做。如果别人不相信，在这种情况下可以理解，那他可以让格鲁巴赫太太作证，或者还有对面的那两个老人，他们现在可能正在朝窗户那儿走。K 很奇怪，至少从看守的思路来看，着实令他奇怪，他们把他赶到房间里，让他一个人留在那儿，在那里他至少有十次自杀的可能。不过同时他自问，从他的思路来看，他有什么理由会这样做？难道因为两个人坐在旁边，把他的早餐抢走了吗？自杀是毫无意义的，即便他想自杀，也不能因为毫无意义的事而自杀。假如那两个看守的智力局限性不是那么明显的话，那么他本来可能以为，他们会同样确信，让他一个人留下不会有什么危险。现在如果他们想看的话，可以看到，他怎样走到壁橱前，在那里他存着一瓶好酒，他先喝光一小杯代替早餐，再用第二杯来增加勇气，最后一杯只是为了应付可能发生的意外事件。

这时从旁边的屋子里发出的一声呼喊让他吓了一跳，吓得他牙齿碰到酒杯发出响声。“监督官叫您。”这一声吓着了他，他的呼唤短促、粗鲁，像是军队的命令，他简直不相信是看守弗兰茨发出的。命令本身使他很高兴。“终于有消息了！”他喊道，锁上壁橱，立刻快步走进旁边的房间。两个看守站在那里，好像自然而然地又把他赶回他的房间。

“你想干什么？”他们喊道，“你想穿着衬衫就去见监督官吗？他会叫人打你一顿，我们也得跟着挨揍！”

“见鬼，别管我！”K喊，他已经被赶回到他的衣橱那里，“假如有人在床上袭击我，他不可能等到看见我穿好节日盛装。”

“叫唤也没用。”看守说，在K叫喊时，他们一直非常安静，几乎是悲哀，并且因此把他弄糊涂了，或是使他有点恢复理智。

“可笑的礼仪！”他还在嘟囔着，但是已经从椅子上拿起一件外套，用两只手撑着，拿了一会儿，好像是提请看守鉴定。他们摇摇头。

“必须是一件黑外套。”他们说。K于是把外套扔到地上，说——他自己也不知道，在什么意义上他说这话——“这可还不是主要程序中的审讯。”看守微笑，但是坚持他们的意见必须是一件黑外套。

“假如这样我能把事情加速了结，那我愿意。”K说，他自己打开衣箱，在许多衣服中找了好半天，选出他最好的黑西服，一件由于它的腰身在熟人中几乎受到称赞的西装，也穿上另一件衬衫，开始细心地着装。他心中相信，整个事情可以因此加速解决，因为看守忘记逼他洗澡。他观察他们，看他们是否也许会想起来，但是他们自然根本没想到这一点，相反，威廉没忘记派弗兰茨到监督官那里报告，K正在换衣服。

他完全穿好了，必须由威廉紧紧跟着穿过旁边空空的屋子，到下一个房间去，那间屋子的两扇门已经敞开。K知道，这间屋子不久前是由毕斯特纳小姐，一个女打字员租住的。她早上上班走得很早，晚上回家晚，K和她除了打招呼问候之外，没有说过更多的话。现在她的小床头柜被挪到房间中央，当作审讯桌，监督官坐在桌子后面。他把腿搭在一起，一条胳膊放到椅子的靠背上。房间的角落里站着三个年轻人，他们正在看着挂在墙上的一个相框里夹着的毕斯特纳小姐的照片。敞开的窗户的把手上挂着一件白色的内衣。那两个老人又在街对面的窗户处，但是他们的团体扩大了，因为在他们身后站着一个比他们高得多的男子，他身穿一件敞开胸口的衬衫，手指在捻着他那发红的山羊胡子。

“是约瑟夫·K吗？”监督官问，也许只是为了把K游离的目光引到自己身上。K点头。“经过今天早晨的事，您可能很吃惊吧？”监督官问，同时用两只手把小床头柜上的一些东西推到面前：一支蜡烛、一个火柴盒、一本书和一个针扎，似乎这是诉讼需要的东西。

“当然，”K说，心里觉得舒服，因为终于有一个明智的人在面前，可以和他谈自己的事，“我当然吃惊，但是又绝不是特别吃惊。”

“不特别吃惊？”监督官问，同时把蜡烛放到小桌子中间，把别的东西放在周围，围成一圈。

“可能您误解我了，”K赶紧解释，“我指的是——”说到这儿K停顿一下，回头朝一张椅子看。“我能坐下吗？”他问。

“通常不行。”监督官回答。

“我是说，”现在K不再停顿地说下去，“我当然很吃惊，但是一个人如果在这个世界上三十年了，而且命中注定必须单枪匹马地拼搏，经受意外事件的磨炼，就不会把它看得很重了，特别是今天早晨的事。”

“为什么尤其是今天的事不特别吃惊？”

“我不想说，我把整个事件看成玩笑，我觉得为此进行的活动确实太丰富了。肯定得有公寓的全体成员参加，而且你们大家越过了玩笑的界限。因此我不想说这是一个玩笑。”

“完全正确。”监督官说，并查看火柴盒里还有多少根火柴。

“另一方面，”K接着说，并且同时转向所有人，而且甚至于也很想对着那三个站在相片旁的人说，“但是另一方面这事也没有多少重要性。我从中得出结论，我受到控告，但是没有找到一点可以就此控告我的罪行。但是这也是次要的，主要的问题是：我被谁控告的？什么机构进行审理？你们是官员吗？没有一个人穿着制服，假如不想把您的衣裳”——在这儿他冲着弗兰茨说——“叫作制服的话，可是它的确更像旅行装。在这些问题上我要求说清楚，而且我坚信，在弄明白之后我们将可以相互热情地告别。”

监督官把火柴盒放回到桌子上。“您大大误会了，”他说，“这儿的这些先生和我对于您的事情完全是无关紧要的，是啊，我们对此几乎一无所知。我们可以穿最正规的制服，而您的事情也将不会变得更坏。我也完全不能对您说，您被控告，或者更确切地说，我不知道，您是否被控告。您被捕了，这是事实，更多的我不知道。也许看守瞎说了点什么，那不过只是乱嚼舌头。就是说即便我现在不能回答您的问题，我却可以劝您少考虑点我们和在您身上将要发生的事，情愿多想想自己。别到处嚷嚷您觉得自己无辜，这会破坏您在一般情况下留下的不坏的印象。还有您说话时也应该克制点，您刚才说的一切，哪怕您只说了几个字，人们也会从您的态度上推断出一切，再说这对您没有丝毫好处。”

K呆呆地望着监督官。他在接受一个也许比他年轻的人的教训吗？难道因为他的坦诚，他就应该得到一顿训斥吗？而关于自己被捕的原因和下逮捕令的人，他毫无所知？他有点激动，走来走去，没有人阻拦他。他把袖口卷起来，抚摸胸口，把头发梳理整齐，从三个人旁边走过，说：“这毫无意义。”那三个人转过身来面对着他，严肃地看着，而K终于又在监督官的桌子前停下来。

“检察官哈斯特勒是我的好朋友，”他说，“我可以给他打电话吗？”

“当然，”监督官说，“但是我不知道，这有什么意义，当然多半您有什么私事要和他谈。”

“有什么意义？”K喊起来，惊讶多于愤怒，“您究竟是谁？您要一个意义，却干的是毫无意义的事儿。这不让人冤枉死了？这些先生先是闯进我的家，现在他们又四处晃来晃去，让我在他们面前绞尽脑汁，仍然摸不着头脑。既然我已经被捕，那么给一个检察官打电话还有什么意义？好，我不打电话了。”

“但是，”监督官说，并把手指向前边有电话的房间，“请您打吧。”

“不，我不再想打了。”K说着走向窗户。对面那些人还是站在窗户那里，只是因为K走到窗子边，他们安静地观看现在似乎稍稍受到点干扰。两个老人想站起身来，但是他们身后的男子让他们放心。“那儿有这样的观众。”K对监督官喊道，同时用食指朝对面指着。“离开那里！”然后他朝对面喊。三人立刻退后几步，两个老人甚至躲到男子身后，他用宽大的身体挡住他们，从他嘴唇的动作可以猜出，他在说什么，由于距离远，听不明白。但是他们没有完全离开，好像在等着，直到他们可以不被发现，再悄悄接近窗户的时刻。“这些毫无顾忌，缠人的家伙！”K转回到房间里时说。K用眼角的余光确定，认为监督官可能赞同他的意见。但是同样也很可能，他根本没听见，因为他正用一只手紧紧地朝桌子上按，好像在比较手指的长短。两个看守坐在用漂亮的罩子蒙着的箱子上，搓他们的膝盖。三个年轻人把手放在腰间，漫无目的地环顾四周。一片寂静，像是在某一个被遗忘了的办公室里。“喂，我的先生们，”K 大声喊，一时间好像他觉得自己就是负责人似的，“从你们的表情看，我的问题可以结束了。我的意见是，最好别再纠缠你们的行为合理还是不合理，通过相互握手使事情能够和解。假如你们也同意我的看法，那么，请——”他向监督官的桌子走过去，把手伸给他。监督官抬起头，咬着嘴唇，看着 K 伸过来的手，K 还一直相信监督官会赞同。可是这个人站起来，拿起放在毕斯特纳小姐床上的硬边圆帽，用两只手小心翼翼地戴上，就像人们在试一顶新帽子时那样。

“您把一切想得多简单啊！”这时他对 K 说，“您认为，我们应该给这个事件一个和解的结局？不，不，实在不行。另外我不是想就此说，您应该绝望。不是，究竟为什么？您只是被捕，此外再没有了。我应该通知您，我通知了，也看见了，您是怎么接受这件事的。今天到此就够了，我们可以告别，当然只是暂时的。您现在也许想去银行？”

“去银行？”K 问，“我以为，我被捕了。”K 有点固执地问，因为尽管他的握手没被接受，特别是自从监督官起身要走时起，他觉得自己和所有这些人越来越无关了。他和他们逗着玩。他打算，如果他们离开，他要赶到门口，让他们逮捕自己。因此他又重复说：“我怎么可以去银行？因为我被捕了呀？”

“噢，是这样，”监督官说，这时他已经走到了门口，“您误解我了，您是被捕了，肯定，但是它不应该阻止您完成工作。您也不应该在您的日常生活方式中受到阻拦。”

“那被捕也不太糟。”K说，同时向监督官身边走去。

“我从来没有别的意思。”这人说。

“但是那么好像逮捕通知也不是很必要了。”K说着走得更近一点。

其他人也走近了。现在大家聚集在门旁一个狭窄的空间了。

“这是我的职责。”监督官说。

“愚蠢的职责。”K不顺从地说。

“可能，”监督官回答，“但是我们不要再用这些话来浪费时间了。我估计，您想去银行了。因为您对所有的用词都很注意，我补充一句：我不强迫您去银行，我只是猜想，您想去。为了您做起来容易些，而且使您的到达尽可能不引人注目，我让这儿的三位先生，也是您的同事供您差遣。”

“什么？”K喊起来，惊讶地注视着三人。这三个毫无特征、患贫血症的年轻人，他还只记得在集体照中见过他们，事实上是他的银行职员，不是同事，这样说有点过分，证明监督官无所不知的情况中有漏洞，当然他们是银行的下层职员。K怎么会忽略了这点？他的注意力究竟怎么会多半被监督官和看守所吸引，没认出这三个人来呢！僵硬的、挥动着手臂的拉本施太纳，黄头发、眼睛凹陷的库利希和卡米纳，由于肌肉不停抽动，卡米纳脸上的微笑让人看着难受。

“早上好！”过了一会儿K说，把手伸给向他弯腰鞠躬的三人，“我竟然没认出你们来。那么现在我们要去上班，不是吗？”

那三个人赶忙笑着点头，仿佛他们整个时间就等着这事，当K想起忘在他房间里的帽子时，他们一个接一个地赶忙跑去取，这总使人看出有点狼狈。K静静地站了一会儿，通过两扇打开的门盯着他们看，最后一个自然是对一切都无动于衷的拉本施太纳，他只是刚迈出优雅的步子，卡米纳就把帽子递过来了。K不得不像平时在银行里必须经常强调的那样，对自己说，卡米纳的微笑不是有意的，一般来说他不会故意微笑。然后格鲁巴赫太太在前厅为大家打开卧室门，她看来没有多少负疚心理，K像往常一样，低头看她的围裙腰带，那腰带完全没必要往她肥胖的身子里扎那么紧。在楼下K看了看手里拿着的表，因为已经晚了半小时了，为了不至于不必要地再多迟到些时候，他决定乘出租车。卡米纳跑到街角去叫车，另外两个人显然是努力分散K的注意力，突然库利希指着对面房子的大门，蓄着金黄色山羊胡子的男子正出现在那里，第一眼望去，他有点儿不好意思，因为他整个身子都露出来了，他往后退到墙边，靠在墙上。老太太多半还在楼梯上。

K很生库利希的气，他早就看见，并且甚至在期待着库利希注意的这个人。“请您别朝那边看。”他冒出一句话，没注意面对成年的男人这样的说话方式多引人注目。但是也不需要解释了，因为车正好来了，他们坐上车，车开了。这时候K回忆起，他根本没注意监督官和看守的离开，监督官让他没注意到三个职员，现在三个职员又让他忘了监督官。这证明他缺乏机智果断的能力，K决心再从这方面仔细观察。他不由自主地向后转过身子，伸长脖子从汽车的后盖上看过去，想尽可能还看见监督官和看守。但是他立刻又转回来，没有试图找到谁，而是舒服地靠在车厢的角落里。尽管这不是假装的，现在他可能正需要和人说说话来宽心。但是那些人似乎累了，拉本施太纳从车里向右张望，库利希向左张望，只有卡米纳对他露出可怕的笑容，很遗憾，人性不允许拿这种笑容开玩笑。

第二章　格鲁巴赫太太
——毕斯特纳小姐

在这个春天，K 习惯于这样度过夜晚的时光，下班之后如果可能的话——他大多数情况下在办公室坐到九点——一个人或者和熟人一道散一会儿步，然后去一个啤酒屋，在那儿和多半是年纪大的男人们在一张固定餐桌旁一般坐到十一点。但是这种安排也有例外，比如如果因为他的工作精神和可信度受到银行行长的赏识，K 受到邀请，乘汽车兜风或到行长的别墅吃晚饭。此外 K 每周一次到一个叫艾尔莎的姑娘那儿去，她从深夜直到第二天上午在一家小酒店当女招待，白天则在床上接待客人。

但是这个晚上——白天在紧张的工作和许多表示敬意和友谊的生日祝愿中飞速过去了——K 想立刻回家。在白天工作中所有短暂的休息时间里他都想到这一点；好像他也拿不准，他是什么意思，仿佛通过早晨的事件，格鲁巴赫太太的整栋房子都弄乱了，重新恢复秩序恰好是必要的。但是一旦建立了秩序，然后就会抹掉那些意外事件的痕迹，一切重新走上正轨。特别是对于那三个公职人员来说，没什么可怕的，他们又陷入银行的公事中，从他们身上看不出变化。K 常常在他的办公室单独或一起召见他们，不是为别的目的，而是为了观察他们，每次都能满意地让他们离开。

当他晚上十点回到他住的寓所门前时，在门口遇到一个年轻的小伙子，他叼着烟，叉开腿站在那儿。“您是谁？”K 立刻问，同时把脸凑近小伙子，在半明半暗的走廊里看不清楚。

“我是房屋管理员的儿子，尊敬的先生。”小伙子回答，他把烟从嘴里拿出来，走到一边。

“管理员的儿子？”K 用拐杖不耐烦地敲着地问。

“先生需要什么吗？要我把父亲叫来吗？”

“不，不。”K 说，他的声音中有某种原谅的意思，似乎小伙子干了什么错事，可他原谅了年轻人。然后他说：“那好。”并且继续走，但是还没等上台阶，他又一次回过身来。

本来他可以径直进他自己的屋子，但是他想和格鲁巴赫太太说话，就马上敲她的门。她坐在桌边缝补一只袜子，旁边还放着许多旧袜子。K 心不在焉地抱歉说，他这么晚还来打搅。但是格鲁巴赫太太很友好，不想听他道歉：她永远愿意和他谈话，他知道得很清楚，他是她最好、最可爱的房客。K 在房间里环顾四周，一切又完全恢复了原来的老样子，早上摆在窗户旁边小桌子上的早餐餐具也已经拿走了。女人的手确实把好多事悄悄地就做完了，他想，换了他也许把餐具当场打碎，但是肯定不会拿出去。他怀着感谢的心情看着格鲁巴赫太太。

“为什么您这么晚还干活？”他问。说着他们在桌旁坐下来，K把一只手不时伸进袜子堆里。

“活多。”她说，“白天我的时间属于房客，如果我想整理自己的东西，剩下的只有晚上了。”

“今天我可能还给您增加了不寻常的工作。”

“怎么？”她变得有点紧张地问，把手中的活儿放到膝头。

“我指的是今天早晨在这儿的那些人。”

“哦，原来说的是这事儿，”她说着又恢复了平静，“这没给我造成什么特别的麻烦。”

K没说话，看着她又把袜子拿起来。

“我说起这事，她看来很惊讶，”他心中暗想，“她好像认为我不该说起这事。可是我就越该这么做。我只能和一个老太太说这事。”

“可是，肯定已经给您添了麻烦，”他接着说，“但是不会再发生了。”

“是啊，不可能再发生了。”她肯定。

K几乎含着忧伤的笑容望着她。“您此话当真？”K问。

“是的，”她小声说，“但是首先是您别把这事看得太重。这世界上什么事没有啊！因为您这么信任地和我谈话，K先生，我可以告诉您，我在门背后偷听到一点，两个看守也对我透露了一些。

事情关系到您的幸福，我真的放在心上，也许都关注得过分了，因为我只是个房东。好，就是说，我听到了一点，但是我不能说，这不是什么特别不好的事。不是，您虽然被捕，但是不是像一个小偷那样被捕。假如一个人被当作小偷逮捕，那是很坏的，但是这种被捕……我觉得有某种深奥的原因，对不起，如果我说了什么蠢话，我觉得像是有什么难以理解的原因，我虽然不明白，但是一个人也不必什么都懂。”

“您说的不是什么蠢话，格鲁巴赫太太，至少我部分同意您的看法，只是我对整个事情的判断比您更敏锐，而且绝不简单地认为有什么深奥，而干脆就是无中生有。我受到突然袭击，就是如此。假如我醒来后没有因为安娜没来给弄糊涂了，立即起床，不顾及拦住我的人，走到您那儿去，那我这次可能就破例在厨房吃早餐了，假如我让您从我的房间里拿来衣服，一句话假如我做事明智点的话，那后来什么也不会发生，后来出现的一切就会被扑灭在萌芽状态。可是人们总是这么准备不足。比如在银行里我已经做了准备，在那里，这样的情况也许不会发生，在那儿我有一个自己的仆人，公用电话和办公室电话都在我面前的桌子上，不断有顾客、领导和同事进来。除此以外在那里我首先总是处在工作的环境中，因此一直保持警觉，在那里如果有一件这样的事情发生，我正觉着好玩呢。现在一切都过去了，我也本来不想再说这事了，只是您的判断，我想听一个理智的太太的见解，而且我很高兴，对此我们意见一致。现在您得把手伸过来，这样的意见一致必须通过握手来证明。”

“她会不会把手伸给我？监督官没有和我握手。”他想，同时不像过去一样地打量着这个女人。她站起身来，因为他也站起来了，她有点局促不安，因为K说的她不完全明白。但是由于这种拘束，她说了一些她根本不想说而且在这种场合根本不合适的话：“您别真的把这事看得很严重，K先生。”她带着哭腔说，自然忘记了握手。

“我想，我没有把它看得很严重。”K说。他突然觉得疲倦，明白这个女人的赞同没什么用。

在门口他还问：“毕斯特纳小姐在家吗？”

“不在。”格鲁巴赫太太说，在枯燥的回答中，她微笑着表示迟到的、理智的同情，“她在剧院，您找她有什么事吗？用不用我给您转达什么？”

“哦，我只是想跟她说几句话。”

“可惜我不知道她什么时候回来；如果她去剧院，一般回来很晚。”

“这完全无所谓，”K说着已经低头转向门口想走了，“我只想对她说声抱歉，今天我用了她的房间。”

“这用不着，K先生，您考虑得太周到了，毕斯特纳小姐根本就什么都不知道，她从早晨出去还没回家呢，您自己看见了，一切又都收拾好了。”说着她打开毕斯特纳小姐的房门。

“谢谢，我相信。”K说，但是接着他还是走向敞开的屋门。月光静静地照在昏暗的屋子里。在眼睛能看到的范围内，确实一切都归了位，内衣也不再挂在窗户的把手上。床上的垫子看来高得出奇，有一部分被月光照着。

“毕斯特纳小姐经常很晚回家？”K看着格鲁巴赫太太说，好像她有回答的责任。

“就像年轻人一样！”格鲁巴赫太太有些抱歉地说。

“当然，当然，”K说，“但是可能也太过分了。”

“可能是的。”格鲁巴赫太太说，“您说得多对呀，K先生，也许甚至在这种情况下更是如此。我肯定不想说毕斯特纳小姐的坏话，她是一个可爱的好姑娘，善良、正派、精明、勤快，我对这些很看重，但是有一点是真的，她应该更自尊、更稳重点。这个月里我就在偏僻的街道上两次看见她和不同的男人在一起。我觉得很尴尬，我向仁慈的上帝发誓。这事我只和您，K先生讲，但是也不排除，我也和毕斯特纳小姐本人谈谈。再说使我产生疑心的也不止这一件事。”

“您完全弄错了。”K生气地说，几乎都无法掩饰他的愤怒，“顺带说一句，您显然也误解了我对毕斯特纳小姐的看法，不是那个意思。我甚至坦率地警告您，别对毕斯特纳小姐说什么，您完全弄错了，我很了解毕斯特纳小姐，您说的没有一点儿是真的。当然也许我管得太多了，我不想阻止您，您想说什么就跟她说吧。晚安。”

“K先生，”格鲁巴赫太太恳求，追赶K一直到他的门口，他已经把门打开了，“我根本不想和毕斯特纳小姐说话，自然先前还想继续观察她，我只是信任您，说了我知道的。这总是为每一个房客的利益考虑的，假如要保持公寓的纯洁的话，除此之外我没有别的意思。”

“清白！”从门缝传出 K 的喊声，“假如您要保持公寓的清白的话，您必须先和我解除租约。”然后他砰的一声把门使劲关上，不再理会轻轻的敲门声。

但是，他一点也不想睡觉，于是决定保持清醒头脑，也趁这个机会确定，毕斯特纳小姐什么时候回来。也许还可以和她聊几句，虽然时机不一定合适。他靠在窗户边闭上疲惫的眼睛，甚至有一刻想到劝毕斯特纳小姐和自己一道退房来惩罚格鲁巴赫太太。不过他马上又觉得这太过分了，他甚至怀疑自己是由于今天早上发生的事件才想换房的。没有比这举动更没意思的了，而且首先是更毫无用处，更令人起疑心。

当他朝外面空荡荡的街道看得心烦了时，他把通往前厅的门打开一道小缝，然后躺到长沙发上，这样一来他可以从沙发上立刻看见每一个进来的人。他安详地抽着一根雪茄，在长沙发上一直躺到差不多十一点。从这以后他不再待在那儿，而是走进前厅，好像他这样就能早点得到毕斯特纳小姐的消息似的。他对她没有特别的要求，他根本也回忆不清楚她的长相，但是现在他想和她谈话，另外他感到恼火，因为由于她的迟归使他在这一天的最后时刻还感到不安和混乱。他今天晚上没吃晚饭，今天原计划去看艾尔莎的，也没去成，这她也有责任。当然这两件事他还可以弥补，他现在就到艾尔莎干活的酒馆去。但是他想晚点，和毕斯特纳小姐谈完话再去。

听到有人走上楼梯时，已经是十一点半过了。K 仍在前厅沉浸在他的思索中，这仿佛就是他自己的房间，他在里边走来走去，声音很响，听到脚步声，他连忙溜回到自己房间的门背后。来的是毕斯特纳小姐。当她锁门时，好像冻僵了似的裹紧了围在她消瘦的肩膀上的围巾。接着她必须走进她自己的，在深夜 K 肯定不允许闯入的房间；就是说他必须现在和她打招呼，但是他不幸地错过了机会，没有把他房间里的电灯扭开，因此如果他这时从昏暗的房子里出来，就会造成一种袭击的假象，至少想必很可怕。他手足无措，因为不能再浪费时间了，他就透过门缝悄悄叫了一声："毕斯特纳小姐。"这听起来像一种请求，不像呼唤。

"这儿有人吗？"毕斯特纳小姐问，睁大了眼睛四处看。

"是我。"K 说着走出来。

"哦，K 先生啊！"毕斯特纳小姐微笑着说，"晚安。"同时和他握手。

"我想和您说几句话，您能允许我现在说吗？"

"现在？"毕斯特纳小姐问，"非得现在吗？这有点特别，不是吗？"

"我从九点就等您来着。"

"噢，我在剧院里，我确实一点也不知道您在等我。"

"我要想跟您说的是今天早晨发生的事。"

“原来如此，那么我原则上不反对，只是我累得快要支持不住了。这样吧，您过几分钟到我的房间来。无论如何我们不能在这儿谈话，我们会吵醒大家的，而且比起为大家考虑来，从我们自己着想，我更觉得这样不太方便。您在这儿等着，我到我自己的房间去换衣服，然后您关上这儿的灯。”K照她说的做，但是然后又一直等到毕斯特纳小姐从她自己的房间里又一次小声请他来。“请坐。”她说，指了指没有靠背的矮沙发，她自己虽然刚才说到很疲倦，还是在床垫旁边直立身子站着，一直没有脱下她那顶缀满花朵的小帽子。“那您想说什么？我确实很好奇。”她的腿稍稍叉开。“可能您会说事情不那么紧急，用不着现在就说，但是——我一贯不听开场白。”毕斯特纳小姐说。

“这使我的任务轻松了，”K说，“今天早晨您的房间在一定程度上由于我的责任给弄乱了一点，此事是由于陌生人不顾我的意愿造成的，如我刚才说的，由于我的过失，因此我请求原谅。”

“我的房间？”毕斯特纳小姐问，同时不是看着房间，而打量着K。

“事情是这样的，”K说，现在两人的目光第一次相遇，“事情是如何发生的本身不值一提。”

“但那恰恰是令人感兴趣的。”毕斯特纳小姐说。

“不是。”K说。

“那好，”毕斯特纳小姐说，“我不想打探秘密，您坚持认为，这没意思，那我也没有异议。您请求原谅，我很愿意原谅您，特别是我看不出弄乱了的痕迹。”她把手掌平放在髋骨上，两手撑腰在房间里转了一圈。她在嵌有照片的相框前边停下来。“您看看，”她喊起来，“我的照片真的给弄得乱七八糟。真讨厌。就是说，有人曾未经允许在我的房间里待过。”

K 点头，心里暗自诅咒职员卡米纳，他从来不会克制他那无聊、毫无意义地干蠢事的毛病。

“这太特别了，”毕斯特纳小姐说，“我不得不禁止您做您自己多半也必然禁止自己做的事，即在我不在场的情况下不得进入我的房间。”

“但是我告诉您，小姐，”K 说着也朝相片走过去，“不是我动了您的照片，但是因为您不相信我，那么我必须承认，调查委员会带来了三个职员，其中一个很可能拿了您的照片，以后只要一有机会，我要把他从银行开除。”

“是的，一个调查委员会曾经在这儿。”K 补充说，因为他看见毕斯特纳小姐疑问的目光。

“因为您的缘故？”毕斯特纳小姐问。

“是的。”K 回答。

“不会吧！”毕斯特纳小姐笑着大叫。

“确实如此，”K 说，“那您相信我无罪吗？”

“嗯，无罪——”毕斯特纳小姐说，“我不想立刻做出也许后果严重的判断，我确实并不很了解您，不管怎么说，如果立即成立一个调查委员会来审问他，那这人想必是严重的罪犯。但是您确实是自由的——我从您的平静至少可以得出，您不是从监狱放出来的——那么您不可能犯这样的罪。”

“是啊，”K说，“但是调查委员会是可以看出，我没犯罪或者没有像他们推测的那样犯罪呀。”

“当然，可能是这样。”毕斯特纳小姐非常谨慎。

“您看，”K说，“您没有多少法律方面的经验。”

“是的，我没有，”毕斯特纳小姐说，“我也常常感到遗憾，因为我想什么都知道，正好对法律方面的事务格外感兴趣。法律有一种特殊的吸引力，不是吗？但是我肯定将在这个方向充实我的知识，因为下个月我将作为事务所的人员到律师事务所工作。”

“那太好了。”K说，“那您将能在我的诉讼中帮上点忙。”

“很可能，”毕斯特纳小姐说，“为什么不呢？我很愿意利用我的知识。”

“我说这事也是认真的，”K说，“或者至少像您一样是半认真的。事情还没严重到请律师的地步，可是我可能很需要一个顾问。”

“是的，但是如果我是一个顾问，我必须知道，发生了什么。”毕斯特纳小姐说。

“问题就出在这里，”K说，“我自己也不知道。”

“那就是说您和我开了一个玩笑，”毕斯特纳小姐非常失望地说，“那完全不必找这么晚的时候。”说着她从挂相片的地方走开，他们俩曾长时间站在那里。

“但是，我的小姐，”K说，“我没开玩笑。您不愿意相信我！

我知道的都已经都跟您说了。甚至比我知道的还多，因为根本没有调查委员会，我这么叫它，是因为我不知道还能有什么别的名字。甚至于什么也没调查，我只是被捕，是被一个委员会逮捕。”

毕斯特纳小姐坐在矮沙发上，又笑起来：“那怎么会这样？”她问。

“非常可怕，”K说，然而现在他根本不再想这事，而是完全被毕斯特纳小姐的目光吸引住了，她正把胳膊肘撑在矮沙发的垫子上，一只手托住脸，另一只手慢慢地抚摸髋骨部位。

“这太笼统了。”毕斯特纳小姐说。

“什么太笼统？”K问道。然后他又回过神来问：“要我给您表演一下，当时怎么回事吗？”他想起身，但是又没离开。

“我累了。”毕斯特纳小姐说。

“谁让您回来得这么晚。”K说。

“那么就此结束吧，倒是我的不是啦，这也合理，因为我本该不让您进来。何况也没有必要表演是怎么回事了。”

“有必要，您现在就可以看到。”K说，“我可以把小床头柜从您的床边挪开吗？”

“您想起了什么？”毕斯特纳小姐说，“您当然不可以！”

“那就没法给您表演。”K激动地说，好像有人这样给他造成了不可估量的损失似的。

“那好吧，假如您需要用它来表演，那您就把小桌搬开吧，只是轻点。”毕斯特纳小姐说。过了一会儿她又轻声补充道：“我太累了，随您怎么办吧。”

K 把小桌挪到屋子中央，坐到桌子后边：“您必须正确想象人员的分配，这是很有意思的。我是监督官，那儿箱子上坐着两个看守，照片跟前站着三个年轻人。窗户的把手上挂着——我刚才顺带提到了——一件白色内衣。现在开始。哦，我忘了我自己，最重要的人物，喏，我就站在小桌前。监督官坐得特别舒服，跷着二郎腿，胳膊在这儿，搭在椅背上，活脱脱一个乡巴佬。现在我真的开始啦。监督官喊我，好像他必须叫醒我似的，他扯开嗓子喊，对不起，假如我想让您理解的话，我也得喊，其实他这么喊的只是我的名字。”毕斯特纳小姐笑着听他说，为了不让 K 大声喊，她把食指放到嘴边，但是已经太晚了，K 太进入角色了，他拉长声音喊：“约瑟夫 • K!”其实没有他咋呼得那么响，但是他突然喊出来后，这声音慢慢地在房间里扩散开来。

这时旁边的屋子有人敲了几下门，声音很重，短促，有规律。毕斯特纳小姐脸发白了，手放到胸口。K 吓得更厉害，因为这会儿他还完全不能想什么别的事，只想到早晨的事件和他把这事表演给她看的姑娘。他几乎还没镇静下来，就跑到毕斯特纳小姐面前，抓住她的手。“您什么都不用怕，”他小声说，“我来应付一切，可是会是谁呢？旁边只是一个没人睡的卧室啊。”

“有人，”毕斯特纳小姐在 K 耳边小声说，“从昨天起格鲁巴赫太太的一个侄子，一个上尉睡在这儿。恰好没有别的空房间。我也忘了这事。您不得不这么大声喊！我真吓了一大跳。”

"不用为此害怕。"K 说，当毕斯特纳小姐现在又向后倒到垫子上时，他亲了亲她的额头。

"走开，走开。"她说，又马上挺直身子，"您倒是走啊，您倒是走啊，您要干什么，他在门后偷听哪，他确实一切都听着呢。您怎么这么折磨我啊！"

"在您平静下来之前，我不离开，"K 说，"您到房间的另一个角落来，在那儿他不会听见我们。"她让他把自己领到那里。"您不想想，这虽然对您来说是一件不舒服的事，但是没有危险。您像我一样清楚格鲁巴赫太太，她在这种事情上确实有决定权，特别是上尉是她侄子，她恰好对我尊重，我说的她一定相信。再说她也离不开我，因为她从我这里得到一大笔收入。您可以任意解释我们在一起的理由，我都接受，哪怕只有一点合理，我保证让格鲁巴赫太太相信，不仅表面上相信，而且真正从心里相信。您不必为我操心。即使您散布说，我侵犯了您，在这个意义上格鲁巴赫太太即便知道了，也不会丧失对我的信任，她是这么依赖我。"毕斯特纳小姐有点垂头丧气，默默地望着面前的地板。"为什么格鲁巴赫太太不应该相信我侵犯了您。"K 补充说。他凝视面前她的头发，那蓬松、微微发红的头发从中间分开，在脑后紧紧扎在一起。

他以为，她会把目光转向他，但是她姿势没变，说："请您原谅，我是被突然的敲门声吓的，不是因为上尉在场可能产生的后果。您喊完后这么安静，忽然有敲门声，所以我才这么害怕。我坐得离门也近，好像有人就在我身旁敲门似的。谢谢您的建议，但是我不接受。我可以为在我房间里发生的一切负责，而且面对每个人。我奇怪，您没发现，在您的建议中有对我多大的侮辱，当然除了意图是好的外，我承认这点。现在您走吧，让我一个人待会儿，我现在比前些时候更需要单独待着。您请求的几分钟现在已经变成了半小时，还更长。”

K 抓住她的手，然后抓住手腕：“但是您不生我的气？”他说。

她把他的手推开，回答：“不，不，我没有，没对任何人生气。”他又去抓她的手腕，现在她让他抓着，把他这么领到门口。他几乎决定离开了。但是在门前他停住脚步，他本来可能没期望在这儿发现一扇门，毕斯特纳小姐利用这一时刻把他甩开，打开门，悄悄走进前厅，从那儿小声对 K 说：“现在您出来吧。您瞧，”她指指上尉的门，门底下露出一点光，“他打开了灯，正在拿我们取乐呢。”

“我来了。”K 说着跑出来，抱住她，吻她的嘴唇，然后亲吻整个脸，像一头饥渴的野兽急不可待地用舌头舔着终于找到的泉水。最后，他吻毕斯特纳小姐的脖子，那儿是咽喉，他让嘴唇在那里停留了很长时间。从上尉的房间里传出的一阵响声让他抬起头来。“现在我要走了。”他说，他想称呼毕斯特纳小姐的名字，但是他不知道。她疲惫地点点头，已经半转过身，让 K 先生吻她的手，仿佛她对此毫无感觉，弯着腰走进她的房间。不一会儿 K 躺到床上，很快入睡。睡着之前他还思考了一会儿他的行为，他对此满意，但是他又奇怪，有点不太满意；由于上尉的缘故，他真为毕斯特纳小姐担心。

第三章　初审

K从电话里得知，下星期日将对他的案件进行一次小范围的审理。打电话的人提醒他注意，现在这种审讯是有规律地进行的，尽管不是每周都接连不断，间隔时间越来越短。一方面因为大家普遍都希望诉讼早日结束，另一方面审讯必须从各方面来说都很彻底，却因为为此花了那么多努力，绝不能拖得太久。所以人们选择了这种连续却又短暂的审讯方式。为了不打搅K的业务工作，他们选择星期日作为审讯的日子。估计他会同意，假如他希望在另外的日子，也可能会满足他的愿望。比如审讯也可以在夜里进行，但是那可能K的头脑就不够清醒。无论如何只要K没有异议，就在星期日吧。不言而喻，他肯定必须出席，这一点人们大概早就提醒过他了。告诉了他应该去的那栋房子的门牌号码，是在偏僻的郊区，K还从没到过那里。

K接到这个通知后，没有回答，挂上了电话。他立刻决定，就星期日去，这肯定是必要的，他必须面对，这第一次审讯也应该是最后一次。他还站在电话旁思忖着，这时他听见身后有副经理的声音，副经理想打电话，但是K挡住了他的路。

“坏消息？”副经理漫不经心地问，不是为了想得到什么消息，而是让K从电话旁离开。

“不是，不是。”K说着站到旁边，但是没有离开。

副经理拿起话筒，在等着电话接通的时候，他扭过脸对K说：“可以问一个问题吗，K先生？您想不想星期天赏光和我一道参加在我的游艇上举行的聚会？这是一个比较大的聚会，肯定也有好多您的熟人在场。其中就有检察官哈斯特勒。您来吗？您就来吧！”

K尽量注意副经理对他说的内容。这对他来说可不是不重要的，因为他和副经理的关系从来没这么密切过，这个邀请意味着从他那方面和解的尝试，而且表明，K在银行里变得多么重要，他的友谊或者至少他保持中立，对于银行的第二把手来说显得多么宝贵。这个邀请是副经理贬低身份，也只能在等待电话接通的时候装作顺便说出来。但是K必须让他第二次屈尊，他说：“非常感谢！但是很遗憾，星期天我没时间，我已经和人约好了。”

“可惜。”副经理说完，又转过身去打电话，这时电话恰好接通了。通话很短，但是K在整段时间里一直心不在焉地留在电话机旁。直到副经理挂上电话，他才回过神来，为他毫无意义地站在这里只稍微表示一点道歉，解释说：“我刚才接电话来着，我想到什么地方去，但是我忘了让他们告诉我什么时间去。”

“您再问一次。”副经理说。

“不那么重要。”K 说，尽管如此这样一来他先前已经缺乏诚意的道歉就更没多少意思了。副经理一边走，一边还说起什么别的事，K 也强迫自己回答，但是他主要想着，最好星期天上午九点到那儿去，因为在工作日里，所有的法院都在这个钟点开庭。

星期天天气不好，K 觉得很疲倦，他因为参加一个固定餐桌的老顾客聚会活动，直到深夜还待在餐馆里，他几乎都睡过头了。他没有时间集中考虑他在一周中想好的各种不同的计划。他赶快穿好衣服，没吃早饭，跑到给他标明了的郊区去。尽管他没时间四处看，奇怪的是他遇到了参与他的案件的那三个职员，拉本施太纳、库利希和卡米纳，前两个人坐在一辆电车里，正穿过 K 走的马路，而卡米纳坐在一间咖啡馆的门前的平台上，当 K 走过时，他正弯着腰，好奇地趴在栏杆上。三个人大概都在望着他的背影，奇怪他们的上司怎么在路上跑；一种对抗的心理使他决定不乘车往那儿去，在他的事情上他厌恶外人任何一点，哪怕是最小的帮助，他也不想求助于任何人，并且不愿意因此让人即便稍微介入一点此事，最后他也没有一点兴趣，通过分秒不差准时到达在调查委员会面前贬低自己。不过现在他还是加快脚步，只是为了尽可能九点到，虽然根本没有给他规定时间。

他起初以为，那栋房子从远处看就有某种他想象不出来什么样的标志，或门前特别热闹，从远处就能认出来。但是，那条尤利乌斯大街，他到了那儿，还在大街的开头停留了好长时间，两旁都是几乎完全一样的房子，穷人租住的高高的灰色房子。现在星期天早晨大多数窗口都有人占着，男人们只穿着衬衣靠在那儿抽烟，或者小心、温柔地扶着坐在窗台上的小孩。另一些窗口挂满了被单，被单的上边匆匆露出头发乱蓬蓬的女人的脑袋。人们隔着小巷相互打招呼，有一声喊声恰好在K的头顶上，引起一阵大笑。在长长的街道上隔不远就有一家比街道低，下几磴台阶就到的、卖各种生活用品的小店铺。女人们在那里进进出出，或者站在台阶上聊天。一个卖水果的正在朝着上面的窗户吆喝自己的商品，他像K一样心不在焉，差点用他的手推车把K撞倒。一架在比较富裕的街区已经用坏了的唱机开始演奏，发出刺耳的声音。

K往小巷深处走进去，走得很慢，仿佛他现在已经有时间了，或者预审官从那个窗户里看见他了，就是说知道K找着地方了。九点刚过。房子相当大，两边伸出去很远，特别是进门处又高又宽。那显然是为载重汽车出入预备的，运货车是各个货栈的，这些货栈围着大院子，现在货栈关着门，挂着商号的牌子，K由于银行的业务知道其中几个。和他往常的习惯不同，他在门口停留了一会儿，仔细研究面前的一切情况。在他附近，一个光脚的男子坐在一个箱子上看报。一辆手推车上两个少年坐在上面摇晃。抽水机前站着的一个穿着宽大的睡衣、身体瘦弱的年轻姑娘，一边朝K望着，一边正往她的壶里灌水。院子的一角，两扇窗户之间拉了一条绳子，上面已经挂了肯定是要晾干的衣物。一个男子站在下边，通过喊叫指挥干活。

K 转向楼梯，要去调查委员会的房间，但是后来他又站住了，因为除了这个楼梯，他看见院子里还有三个不同的楼梯口，此外在院子尽头还有一个小通道，好像通向第二道院子。他很生气，打电话的人没给他详细描绘房间的情形，这当然是别人对待他特别漫不经心或冷漠，他决定把这点大声、明确地指出来。但是最终他登上了第一个楼梯，脑子里回忆起看守威廉的话，法院被罪行吸引，因此审查室必定紧挨着 K 偶然挑选的楼梯。

他上楼时撞上了许多在楼梯上玩耍的孩子，他从他们中间穿过时，孩子们愤怒地看着他。“如果我下次再来这儿，”他对自己说，“我一定得要不带糖块来讨好他们，要不就带棍子打他们。”快到二楼时，他甚至不得不等一会儿，直到一只球滚过去，两个满脸皱纹、长了一副大人相的小男孩趁机抓住他的裤腿。他要是想摆脱他们，就不得不把他们弄疼，他害怕他们叫唤。

在二楼他才开始真正寻找。然而因为他不能直接讯问调查委员会，于是想出了一个主意，找一个名叫兰茨的细木工——他想到这个名字是因为上尉，格鲁巴赫太太的侄子叫这个名字，现在他想到所有的屋子里打听，是否有一个细木工兰茨在这儿住，这样才有可能进屋里去看。但是其实这样做轻而易举，因为几乎所有的房间都敞开着，孩子们出来进去乱跑。这是些在一般情况下只有一扇小窗户的屋子，里边也烧饭。有些女人一个胳膊抱着吃奶的婴儿，空着一只手在灶台上忙活。好像只穿着围裙的半大姑娘非常勤快地忙来忙去，所有的屋子里床上都躺着人，病人、正睡着的人或者穿着衣服摊开四肢躺在那儿休息的人。那些关着门的房子，K 就上去敲门，问住没住着一个叫兰茨的细木工。往往是一个女人打开门，听到问题，转身回到屋里，朝正在从床上爬起来的什么人说："这位先生问，这儿是否住着细木工兰茨。"

"细木工兰茨？"那人从床上问。

"是的。"K 说，尽管调查委员会毫无疑问不在这儿，可因此他的任务完成了。许多人相信，K 就是非常想找到细木工兰茨，想了好半天，说出一个细木工来，但是不叫兰茨，或者说出一个和兰茨相近的名字来，他们问邻居，或者陪 K 到离这儿很远的门前，他们认为那儿的房子可能转租出去了，也许住着像兰茨这样的人，或者那儿有人比他们自己知道得更清楚。最后 K 用不着自己打听了，而是这样被一层层带上楼去。他很可惜起初他觉得非常实用的计划。在上六楼之前，他决定放弃寻找，和那个本想带他继续往上走的热心的年轻工人告别，走下楼去。但是接着他又为这次完全徒劳的行动感到恼火，他又转回来，敲六楼上的第一个门。他在小屋里看见的第一件东西是一个大挂钟，已经指着十点了。

"这儿住着细木工兰茨吗？"他问。

"往里走。"一个长着黝黑明亮的眼睛的年轻女人说，她正在一个桶里洗小孩衣服，湿漉漉的手指着旁边房间敞开的门。

K 相信是走进了一个会场。一间有两扇窗、大约中等大小的房间里面挤了好多人，没有人注意进来的人，接近天花板的地方有一圈楼座，那儿也同样站满了人，人们只能弯着腰站着，头和背碰到天花板。K觉得空气太闷，又走出来，他对一个年轻的女士说：“我打听一个细木工，有一个叫什么兰茨的吗？”

“对，”女士可能误解了他的意思，说，“请您进去吧。”假如那女人没有朝他走来，抓住门把手，同时说“在您之后我必须锁上门，不允许再进入了”的话，那K也许不会跟着她走。

“那好吧，”K说，“但是现在已经太满了。”然后他仍然进去了。

紧贴着门边的两个男子在交谈，其中一个人两手张开做数钱的动作，另一个人盯着他的眼睛，K从他们两人中间穿过去时，一只手抓住他。那是一个脸颊红红的小个子年轻人。“过来，请您过来。”他说。K任他带领自己朝里走，看来在乱七八糟挤成一团的房间里还有一条小窄道，可能是分成两派形成的。在前几排左右两边，K几乎看不见一张转向他的脸，只看见那些人的后背，他们的谈话和动作只是对着自己一派的人。这种情况也证实了他的猜测。大多数人身穿黑衣，披着古老、宽大的节日长外套。只是这种服装使K有点糊涂了，否则他准会把它整个看作一次地区政治集会。

K被带到大厅的另一头，在一个同样过分拥挤、很低的讲台上横放着一张小桌，小桌后面紧靠讲台边坐着一个矮个子、呼哧呼哧喘气的胖男子。他把胳膊肘支在椅子的靠背上，腿交叉着，正和站在他身后的人在哄笑声中交谈。他时而把手臂向空中挥动，仿佛在讽刺地模仿谁。领K到这儿的年轻人感到很难通报。他两次踮起脚尖，想说什么，可是上面坐着的人没注意到他。直到讲台上的人中有一个注意到年轻人，那个人才朝他转过脸来，俯下身子听他小声报告。然后他掏出他的怀表，很快朝 K 看了一眼。“您本应该一小时五分钟前就到了。”他说。K 想回答什么，但是他没有时间，那人几乎还没说完，大厅右边的一半就发出一阵普遍不满的牢骚。“您早在一小时五分钟前就应该出现。”那人提高声音说，同时也迅速向下边大厅里看。喧哗声也立刻更响了，因为胖男子也没再说什么，声音才渐渐地消失。现在大厅里比 K 进来时安静得多。只是在楼座里的人还注意着事态发展。在上边昏暗的光线里只能区分灰尘和雾气，人们好像穿得没有下边的好。有人还带来了枕头，放在脑袋和天花板之间，以免被挤伤。

K 决定多观察，而不多说，于是他放弃为自己的所谓迟到辩护，只说：“可能我来晚了，现在我在这儿了。”接着从大厅的右半边又响起一阵掌声。“真容易争取过来的人。”K 想着，只是大厅左半边的干扰使他不安，那些人正好在他身后，从那边只响起稀稀落落的掌声。他考虑可以说些什么，能够一下子把所有人，如果不可能的话，至少暂时把另一拨人争取过来。

“是的，”那人说，“但是我现在不再负责审问您。”——又是一片喧哗，但是这回误会了，因为那人用手向人们示意，接着说下去——“但是今天我想还破一次例。这样的迟到绝不允许再发生。现在请您到前边来！”一个什么人跳下讲台，好给 K 腾出一块地方，让他跳上去。他紧挨着桌子站着，在他身后挤得要命，他不得不拼命向后撑着，不然他也许就把调查委员会的桌子、可能还有预审官本人都从台上推下去了。

但是预审官不管这些事，而是舒服地坐在一张椅子上，在他和身后的那人说完告别的话以后，拿起摆在他的桌子上的东西，一本小记事簿。那像一本学生练习簿，旧的，由于翻阅的次数多已经不像样了。“这么说，”预审官翻着记事簿，用了种确定的口吻对 K 说，“您是油漆匠？”

“不是，”K 说，“而是一家大银行的襄理。”这个回答在右边的那部分人中引起哄堂大笑，笑得那么开心，以至于 K 也不得不跟着笑起来。那些人把手支在膝盖上，像咳嗽得很厉害那样笑得前仰后合。甚至于楼座上也有个别笑声。已经十分生气的预审官似乎对下边的人没有权威，就想拿楼座上的人出气，他跳起来，威胁楼座里的人，眼睛上面平常不引人注意、又粗又黑的眉毛紧紧皱在一起。

大厅左边的一半人却还一直没有声音，人们在那儿排成队，脸朝向讲台，安静地交替听着讲话和另一派人的喧哗，他们甚至容忍个别人走出他们的队列，和另一派的人偶尔一块攀谈。左边那派的人一般来说人数少点，基本上与右边那派同样不很显眼，但是他们行为举止的平静安详使他们显得重要。当 K 现在开始说话时，他坚信，是在代表他们的意见说话。

“您的问题，预审官先生，我是不是油漆匠——您根本没多问，就直截了当这样称呼——这种做法和针对我的整个诉讼程序进行的方式有关。您可以提出异议，说根本不是诉讼，您说得很对，因为它只是在我承认它是诉讼时才是一次诉讼。但是我现在暂时承认它是诉讼，出于某种同情。假如人们一般说想注意它的话，那就只能表示同情。我不是说这是一次卑鄙下流的审判，但是我想把这个名称提供给您，让您自己认识到。”

K中断了自己的话，朝下看着大厅。他刚才说的很尖锐，比他原来预想的更尖锐，但是正确。本应该在这边或那边获得掌声，但是全都是寂静无声，显然大家紧张地等待着后果，也许在寂静中孕育着爆发，爆发将结束一切。突然沉寂被打破了，大厅尽头的门开了，一个年轻的女洗衣工可能干完了活，走了进来，尽管她小心翼翼，还是把一些目光吸引到自己身上。只有预审官使K感到格外高兴，因为他似乎马上就被刚才的话击中了。到现在为止他一直站着听，因为当他站起身来斥责楼座上的人时，K的发言令他惊呆了。现在趁着间歇时间他慢慢坐下，好像不想引人注意。也许是为了使他的表情平静下来，他又拿起笔记本。

“毫无用处，”K接着说，“您的小本也证实了我说的话。”他对此很满意，在陌生的会议上只听见他从容不迫的话语，K甚至敢于径直从预审官手中把小本拿过来，而且用手指尖捏着中间一页高高举起，好像害怕弄脏自己的手似的，这样两边那些写得密密麻麻，沾上污渍，发黄的纸页就倒垂着散开来了。“这是预审官的文件，”他说着让本子掉到桌上，“您继续好好读下去，预审官先生，说真话，我不怕这个犯罪记录簿，尽管如此我也不想知道，因为我可以只用两个手指尖捏着它。”这可能只是一个深深屈辱的信号或者至少必须这样理解，因为本子刚刚掉在桌子上，预审官就过去拿，想把它稍微弄整齐，并且打算翻阅。

第一排的人心情紧张地面朝着K看，使得K向下面看了他们好一会儿。那全是些老头，有一些胡子都白了。也许他们是能够影响整个会议的决定性人物，自从K发言起，会议就陷入静止状态，即便是预审官的屈辱，大家也毫无反应。

“我出了什么事？”K继续说，声音比刚才轻一点，同时一直搜索第一排人的脸，他们的脸上表现出对他的讲话漫不经心的表情，“我身上发生的事只是个别情况，作为这样一种情况不是很重要，因为我没把它们看得很严重，但是它是一种诉讼的信号，对许多人像这样提出诉讼。我在这儿为这些人说话，不是为我自己。”

他不自觉地提高了声音。不知在哪儿有人高举双手鼓掌，欢呼：“万岁！为什么不呢？万岁！万万岁！”第一排的人不时捋捋胡子，没有一个人因为喊声回转身子。K也觉得欢呼没什么意义，但是他确实受到鼓舞。他认为现在完全没有必要得到大家的掌声，如果大家普遍开始思考此事，而且只要有时通过劝说争取过来一个人，那就足够了。

“我不想当成功的演说家，”K出于这种信念说，“我也不可能达到。预审官先生肯定比我说的好得多，那是他的职业。我想做的只是公开讨论一下大家所蒙受的痛苦。请你们听好：我二十天以前被捕了，被捕的事实本身，我觉得很可笑，但那不属于这儿的话题。早晨我在床上受到侵袭，也许有人——按照预审官说的，不排除这种可能——发布命令逮捕一个什么油漆匠，他很可能像我一样也是无辜的，但是他们选了我。旁边的房间被两个看守占了。就算我是一个危险的强盗，他们也不会采取更好的预防措施了。再说这两个看守是道德败坏的无赖，他们的废话灌满了我的耳朵。他们暗示我行贿，他们要花招，想骗走我的内衣和西服，在他们无耻地在我眼前吃光我的早餐后，又想要钱，所谓的为了给我买早点。这还不够。

“我被带进第三个房间，带到监督官面前。那是一间我很尊重的女士的房间，我得承认，由于我的缘故，但不是我的过错，因为那两个看守和监督官的在场，房间在一定程度上被弄得脏乱了。我没办法再平静。但是我努力冷静下来，完全平和地问监督官——假如他在这儿，他也会证实这一点——我为什么被捕。这个监督官这会儿怎么回答的？我现在还能在眼前清楚看见，他怎么舒舒服服地坐在我提到的那位女士的椅子上，一副傲慢冷漠的神情。先生们，他根本什么也没回答，也许他真的什么也不知道，他把我逮捕就万事大吉了。他甚至还额外做了一件事，把我的银行的三个低级职员带到那位女士的房间里，他们乱摸乱动相片，把女士的私人物品搞得乱七八糟。这些人的存在当然还有另一个目的，让他们像我的女房东和女仆一样，传播我被捕的消息，损害我的公众威信，特别是动摇我在银行的地位。现在他们一点也没达到目的，甚至我的房东，一个非常普通的人——我现在在这里怀着尊敬的心情提到她的名字，她叫格鲁巴赫太太——甚至格鲁巴赫太太也完全明白，这样的逮捕和小巷里没看管好的男孩子干的恶作剧一样。我重复一句，整个事件只是使我很不舒服，生了一会儿气就过去了，但是它不会也有更坏的后果吗？”

K说到这儿停了一下，朝着默不作声的预审官望着，他相信自己发现了，这人正在用一种目光给人群中的某个人使眼色。K微笑着说：“刚才我旁边的预审官在这儿向你们中的某人发了一个秘密的信号。就是说，你们中间有些人是受他从上面指挥的。我不知道，信号是意味着应该嘘我还是给我鼓掌，因此我不想过早揭露事实，也不用有意识地弄明白信号的意义。我完全无所谓，而且我公开授权预审官先生，不必秘密地给下边那些他收买的职员发信号，而是大声发令，他可以比如一次说‘现在嘘他’，下一次说：‘现在鼓掌’。”

预审官十分狼狈或者忍耐不住了，在他的椅子上扭来扭去。他身后的刚才已经和他谈过话的那个人又向他俯下身子，好像是一般地给他鼓劲或者出一个特别的主意。人们在下边小声谈话，但是很热烈。原来似乎意见如此对立的两派混合起来，一部分人用手指着K，另一部分人指着预审官。房间里雾气腾腾，让人特别难受，甚至使人不能看清楚站在窗户旁边的人。这对楼座上的人影响特别大，他们被迫当然是胆怯地从侧面看着预审官，为了进一步弄清情况，他们向会议的参加者小声提问。回答的人用手捂着嘴，同样声音很小。

“我马上就说完了。”K说，因为没有铃，他用拳头敲桌子，预审官和给他出主意的人吃了一惊，两人的脑袋暂时分开，“我置身事外，因此我可以平静地评判，如果你们仔细听我说的话，可以从中得到很大的好处，前提是你们对它感兴趣。你们对于我提供的情况意见相左的争论，请你们往后推迟些，因为我没有时间，我马上要离开。”

全场立刻安静下来，K已经完全控制了局面。人们不再像开始时那样乱喊乱叫，也不再鼓掌，但是好像已经被说服了或者将要被说服。

“毫无疑问，”K说，声音很轻，因为他很高兴整个会场上的人都紧张地注意听着，在寂静中出现的一丝声响都比令人陶醉的掌声更使人受到刺激，“无疑，在这次审判表面过程的后面，在我的案件中，也就是说逮捕和今天调查的背后，有一个庞大的机构存在。这个机构不仅有索贿的看守、愚蠢的监督官和至少是不中用的预审官，而且无论如何还豢养着一群比较高层的和最高级的法官，以及无数绝对必要的随从：差役、书记员、宪兵和其他助手，也许甚至还有刽子手。我不回避这个词。而这个机构的作用是什么呢，我的先生们？是逮捕清白无辜的人和对他们提起荒唐的诉讼，如在我的案子里，就毫无结果。在这种荒唐愚蠢的整个事件中让人怎么能避免官员最严重的腐败呢？这是不可能的，即便最高法官也做不到。因此看守想拿走被捕者身上的衣裳，因此监督官闯入陌生人的家中，因此无辜的人不是接受审讯，而是被带到全体与会者面前受侮辱。看守曾对我讲到过存放被捕者的私人物品的仓库，我希望有一天看看这些地方，在那里被捕者辛辛苦苦挣来的财物，如果没被小偷一样的保管员偷走的话，一直放到霉烂。”

K 的话被大厅尽头一声刺耳的尖叫打断，因为模模糊糊的光线使烟雾变白，朦朦胧胧，为了能看清楚那儿的情形，他把手搭在眼睛上面。那是一个洗衣女工，在她进来时，K 立即看出秩序会受到严重的干扰。现在她有没有过错，还不能断定。K 只看到，一个男人把她拉到门边的一个角落里，紧紧搂住。但是不是她发出尖叫，而是那个男人，他张开大嘴，望着天花板。在他们俩周围围了一小圈人，附近楼座里的人好像为此感到高兴，K 在会场里造成的严肃被这样打破了。K 第一个想法是马上跑过去，他以为，大家也会想到恢复秩序，至少把那两人从大厅里赶出去，但是在他面前第一排的人根本站着没动，没有一个人动一下，没人让 K 过去。相反人们拦着他，老人们伸出胳膊，不知是谁的手——他没时间回身——从背后抓住他的衣领，K 实际上顾不上再想那一对，他觉得仿佛他的自由受到了限制，好像真的把他逮捕了，他什么也没多想，就跳下了讲台。于是他和拥挤的人群面对面站着。难道他错误地估计了他们吗？他过于相信他讲话的作用了吗？难道在他说话的时候，他们是假装的，而现在因为他讲到最后了，他们假装够了吗？他周围都是些什么面孔啊！小黑眼珠滴溜溜转来转去，脸耷拉着，像那些酗酒的人一样，他们的长胡子又硬又稀，如果把胡子抓在手里，捏着的就只像爪子，根本不像握住胡子。但是在胡子底下，K 奇怪地发现，外套领子那儿有不同颜色和大小的徽章闪闪发光。在他看得见的范围内，大家都戴着徽章。全体人都属于一体，表面上分成左边一派，右边一派，而且当他突然回过头来，看见预审官衣领下边也有同样的徽章。预审官正双手放在膝头，平静地望着下边。

“噢！”K 喊了一声，并且把手向空中一挥，突然一切都明白了，“你们大家原来都是像我看到的那样的官员，你们是我反对的一群腐败分子，你们挤到这儿来，作为听众或者包打听，表面上分成两派，一派用鼓掌来检验我，你们想学习应该如何诱导无辜者。那么我希望，你们在这儿不是毫无用处，你们或者拿这个来取乐，看有人期望从你们这儿得到为清白无辜的人的辩护，或者——让我走，要不我揍你——”K 朝一个靠他特别近，哆哆嗦嗦的老头喊道，“或者你们真的学到了什么。我祝你们在你们的职业中交好运。”他说着很快拿起放在桌边上的帽子，在普遍的寂静中、由于惊愕形成的寂静中朝出口挤去。但是预审官似乎动作比 K 还快一点，因为他在门口等着 K。“等一会儿。”他说，K 站住了，但是没有看预审官，而是看着门，他已经抓住了门把手。“我只想提醒您，”预审官说，“您今天自己失掉了——您可能还没有意识到——审讯在任何情况下给被捕者带来的好处。”

K 笑着看看门。“你们这群流氓，”他喊起来，“我把所有的审讯都送给你们吧！”他打开门，飞快跑下楼梯。在他身后重新又活跃起来的会场上响起了嘈杂的声音，他们多半开始以学者的方式讨论刚才的事件。

第四章　审讯室——大学生——办公室

在下一周里 K 一天一天地等着新的通知，他不能相信，人们严格地按照字面接受他拒绝审讯，而当他期待的通知直到星期六晚上也没真的到来，他就估计，他将在同一时间悄悄地被邀请到同一间房间里。因此他星期日又动身去那儿，这次径直走上楼梯，穿过通道，还能回忆起他的一些人在他们的门口和他打招呼，但是这次他用不着向谁打听，一会儿就找对了门。他一敲门，立刻就有人给他打开了门，他没有接着向门边那个熟识的女人看一眼，想立即进到旁边的屋子里。

“今天不开庭。”女人说。

“为什么不开庭？”他问，不愿意相信，但是女人说服了他，因为她把旁边房间的门打开了。那里确实是空荡荡的，而且在星期日这种空荡荡的情形看起来更凄惨。仍然没有变化，摆在讲台上的桌子上搁着几本书。“我可以翻翻这些书吗？”K 问，不是出于特别的好奇，而是为了不至于完全徒劳地到这儿来一趟。

“不行，”女人说着又锁上了门，“这是不允许的。书属于预审官所有。”

“哦，是这样，”K 说，并且点点头，“那么这些书是法律书了，而且是这种司法规定，一个人不仅无辜，而且也在毫不知情的情况下被判决。”

“会是这样的。”女人说，她并没有怎么明白他的话。

“那好吧，我以后再来。”K 说。

“需要我向预审官通报什么吗？”女人问。

“您认识他？”K 问。

“当然啦，”女人说，“我丈夫就是法庭差役。”现在 K 才发现，上一次只摆着一个洗衣桶的房间，今天已经完全收拾得是个卧室了。女人发觉他的惊奇，就说：“是啊，我们在这个房间住，但是开庭的日子必须把屋子腾出来。我丈夫的差事有好多不利的地方。”

“我不是对房间感到吃惊，”K 说，同时生气地看着她，“我惊讶的是您已经结婚了。”

“也许您是暗示上次开庭时我打断了您的演说的那件事？”女人问。

“当然，”K 说，“今天事情已经过去了，差不多忘了，可是当时可真把我气得够呛。现在您自己说，您已经是一个结了婚的女人了。”

“您的演说被打断，对您没有坏处。在那以后人们还对它发表了更不利的看法。”

“完全可能，”K说着转移话题，“但是这不能推脱您的责任。”

“首先，所有认识我的人都会原谅我，”女人说，“当时拥抱我的那个人早就追我了。一般来说我不是挺吸引人的，但是对他来说是的。对此我无法抗拒，我丈夫也就已经容忍了；假如他要保持他的地位，就必须容忍，因为那人是大学生，而且将来可能掌握更大的权力。他总是跟在我身后，正好在您来之前，他离开的。”

“这并不奇怪，”K说，“我并不吃惊。”

“您大概想在这儿改善什么情况？”女人慢慢地打量着他问，仿佛她想说些什么既对她也对K可怕的话，“我从您的演说中已经看出来了，我个人很喜欢您的演说。虽然我只听了一部分，开头我耽误了，结尾那段我和大学生躺在地板上。”……“这儿的一切这么叫人恶心。”她停顿一下，抓住K的手说，“您相信您能改善吗？”

K微笑，把他的手在女人柔软的手中稍微转动一下。“本来，”K说，“我到这儿来，不是像您表达的那样，要达到改善的目的。假如您，比如说把这个意思告诉预审官，那您就会受到嘲笑和惩罚。事实上我本来绝不会自觉自愿掺和到这些事情里，改造司法机构的迫切性也绝不会干扰我的睡眠。但是我，由于我所谓的被捕——也就是说我被捕了——我被迫介入，为了保护我自己。

但是假如我此刻在这儿也能对您有什么用处的话，我当然很乐意效劳。不是比如说只是出于仁爱，而是因为您也能帮助我。”

“我究竟怎么帮呢？”女人问。

“比如说您现在让我看看放在桌子上的书。”

“那当然可以。”女人喊道，并且立即把他拉到自己身后。那都是些边角磨损了的旧书，一本书的硬皮几乎从中间裂开，书页之间只靠几根细线连着。

“这儿怎么什么都这么脏。”K说着直摇头，女人还没等K够到书，就用抹布至少把表面的灰抹掉。K打开最上边的一本，里边是一幅不堪入目的图画。一个男人和一个女人赤身裸体坐在长沙发上，绘画者淫秽的意图十分明显，但是画的技巧太差了，最后只看见一个男人和一个女人的身躯僵硬地坐在那儿，由于视角错误，只能很费劲地相互对望。K没有接着往下翻，而是打开第二本书的封面，那是一本小说，名字是《格蕾特如何受到她的丈夫汉斯的折磨》。

“这是些那帮人在这儿研究的法律书籍，”K说，“我就被这样一些人审判。”

“我会帮助您，”女人说，“您愿意吗？”

“那您能够真的不给自己带来危险吗，您刚才已经说了，您的丈夫很听上司的话。”

“尽管如此我也要帮您。”女人说，“您过来，我们必须好好商量商量。关于我的危险请您别再提了，我不想害怕的地方，我就不怕危险。过来。”她指着讲台，请他和自己一块坐在台阶上。“您有漂亮的黑眼睛，”她说，她坐下后，从下边看着K的脸，“有人对我说，我的眼睛也很好看，但是您的比我的漂亮多了。再说当您第一次进来时，当时立刻引起我的注意。这也是我为什么后来又进到会议室来的原因，平时我从不这么做，而且在某种程度上不许我进来的。”

“噢，原来是这样。”K心里想，“她自己送上门来，她像这儿其他人一样堕落了，她对法庭的官员已经腻烦了，这很可以理解，因此欢迎任何一个陌生人，因为他的眼睛恭维他。”K默默地站起来，好像要把他想的大声说出来，并且以此向那女人解释他的做法。“我不相信，您能够帮助我。”他说，“为了真正帮助我，必须和高级官员有关系。但是您肯定认识的只是在这儿闲逛的许多低级职员。这些人您一定很了解，而且某些事也可能在他们那儿行得通，我不怀疑，但是在他们那里能办成的大事，多半对于诉讼的最终结局完全没有什么关系。然而您可能因此确实失去一些朋友。我不愿意这样。继续保持迄今为止您和这些人的关系，我觉得对您来说是不可缺少的。我说这些不是没有遗憾的，因为，确实也是对您的好意有所回报。我也喜欢您，特别是当您现在这么忧伤地看着我，再说对您来说本来用不着如此。您属于我必须与之斗争的那群人，可您在这些人中间生活得很安逸，您甚至爱上了大学生，而且即使您不爱他，至少您也把他看得比您丈夫好。这从您的话中很容易听出来。”

“不是。”她喊，同时坐着没动，只是去握住K没来得及抽出来的手，“您不能现在就离开，您不能带着对我错误的判断离去，您真的忍心现在就走吗？我真的就这么没有价值，您就一点都不想让我高兴、和我多待一会儿？”

“您误解了我的意思，”K说着又坐下，“如果您真的那么想让我留下来，那我愿意留下，今天我有的是时间，我到这儿来本来是希望今天会开庭。关于我刚才说的，我只想请求您不要为我的案件做任何事。但是假如您以为，我对案子的结果丝毫不感兴趣，这也绝不是存心让您不高兴。即便给我判刑，我也将只是一笑置之。前提是案件得出一个真正的结论，对这一点我很怀疑。我倒更相信，由于官员们的懒惰、忘性，或者也许真是因为害怕，已经把案件终止了，或者将要终止。当然这也是很可能的，他们希望得到某种更大的贿赂，这样装作把案子继续办下去，完全是白费劲，就像今天我已经说的，因为我不会贿赂任何人。您能替我做的，总有点危险，如果您想通知预审官或平时喜欢散布消息的什么人的话，那告诉他们，我绝不向他们行贿，任何阴谋诡计也不能打动我，我知道，他们有的是这种花招。您可以公开告诉他们，完全没有希望。此外他们也许自己已经发现，即使还没有明白，我根本不在乎别人现在已经知道我的态度。那将会给这些先生们省点事，当然也使我少一些不愉快的事，但是假如我知道，每一个麻烦同时也让对方不好受的话，那我愿意承受麻烦。我将要小心行事，不让这种情况发生。您真的认识预审官先生吗？”

“当然，”女人说，“当我给您提供帮助时，我甚至第一个想到他。我不知道，他只是一个低级官员，但是因为您这么说，大概是对的。尽管如此我相信，他向上面提交的报告总有一些影响。而且他写了这么多报告。您说，官员懒惰，肯定不是大家都懒，特别是这个预审官不懒，他写的很多。比如上星期日会议一直延续到晚上，所有的人都走了，但是预审官在大厅里一直待到晚上，我不得不给他拿来一盏灯，我只有一盏厨房点的小灯，可他很满意，立刻开始写。在这期间我丈夫也回来了，他每星期日休息，我们搬来家具，又把我们的房间收拾好，邻居还来了，我们在烛光下聊天，我们干脆忘了预审官，就去睡觉了。夜里，肯定已经是深夜，我突然醒来，床旁边站着预审官，他用手遮着灯，为的是不让光线照到我丈夫身上，没有必要的谨慎，我丈夫一旦睡着，光线也弄不醒他。我大吃一惊，差点喊起来，但是预审官非常和善，提醒我小心，在耳边对我说，他一直写到现在，现在把灯还给我，说他永远忘不了他发现我睡着的样子。我说这些只是想告诉您，预审官事实上写了许多报告，特别是关于您的：因为您的传讯肯定是星期日会议上的主要内容之一。这么长的报告绝不会一点没有作用。此外您肯定也从已经发生的事件中看出，预审官追求我，他想必现在才发现我，现在正好是我可以对他施加影响的最佳时刻。他很在乎我，对此我还有其他证明。昨天他通过大学生，他很信任作为他的助手的大学生，送给我丝袜，表面上是为了我打扫会议室，但这只是借口，因为这本是我的职务，而且为此他们付给我丈夫工钱。这是些漂亮的长筒袜，您看看，”她说着伸出腿，把裙子拉到膝盖以上，自己也看着长筒袜，“漂亮的长筒袜，但是太精致了，对我不合适。”

她突然不说话了，把她的手放到K的手中，好像她想安慰K，同时在耳边小声说：“别出声，贝托尔特看着我们呢！”K慢慢抬起眼睛。在门边站着一个年轻人，他个子矮，双腿有点弯，长着一脸稀疏发红的短胡子，他总用手捋胡子，想以此显得威严点。K好奇地盯着他看，他真的是陌生的法学界里他遇到的第一位长得有点像模像样的大学生，一个也许有一天会登上高官的位置的人。大学生相反，似乎根本毫不注意K，只是把一个手指暂时从胡子里抽出来和女人打了个招呼，然后走到窗户边。女人朝K弯下身去，在他耳边说：“您别生我的气，您也千万别把我想得那么坏，我现在不得不走到这个讨厌的家伙那儿去，您只看看他那罗圈腿就够了。但是我马上就回来，然后跟您一块走，假如您带我走的话，您到哪儿，我到哪儿，您愿意和我干什么都行，如果我能够从这儿离开尽可能长的时间，我将非常高兴，当然最好是永远。”她还抚摸了一下K的手，跳起来，朝窗户跑去。K还不自觉地抓她的手，没抓着。这女人确实吸引他，尽管有许多顾虑，他还是找不出他不应该屈从诱惑、就此止步的理由。随便想出的借口，这女人是为了法庭俘获他，他不费劲就打消了。她能用什么办法俘获他呢？他不是一直都如此自由，能把整个法庭，至少在涉及他的时候，立刻打垮吗？他不能对自己有这种最起码的信心吗？同时她自愿提供的帮助是真诚的，也许不是毫无价值的。而且也许没有更好的，对预审官和他的随从报复的办法，只有从他们身边把这个女人夺过来，归自己所有。那时，当预审官在深夜绞尽脑汁编造好关于K的虚假报告后，发现女人的床空了。所以空了，是因为这个女人属于K所有了，因为窗户旁的女人裹在又粗又重的深色衣料中，丰满、柔软、温暖的这具肉体仅仅只属于K一个人。

在K用这种方式克服了对女人的疑虑后，窗户旁的小声谈话就使他觉得太久了，他用手指的骨节敲讲台，然后用拳头使劲敲起来。大学生的目光越过女人的肩膀，朝K扫了一下，但是没有理会他，甚至只是更紧紧贴住女人，搂在怀里。她低下头，仿佛十分注意地倾听他讲话，当她弯下身时，他亲吻她的脖子，同时还喋喋不休地说着什么。K从中看到女人抱怨的大学生的专横，站起身来，在房间里走来走去。K斜眼朝大学生瞥了一眼，琢磨怎样能尽快把他弄走。K在房间里不停地走来走去，有时已经变成跺脚了，大学生显然受到打扰，忍受不住了，这正是K所希望的。大学生说："如果您忍受不了，您可以离开。您本来早就可以走开，没有人会惦记您。是啊，您甚至应该走开，而且早在我进来时，就尽快离开。"说这话时他可能已经十分愤怒，无论如何话里也听出来未来的法官对一个不受欢迎的被告的傲慢。

K在离他很近的地方站住，微笑着说："我不耐烦，是的，但是这种不耐烦很容易克服，您离开我们就行。假如您到这儿来只为了学习研究——我听说，您是大学生——那我很愿意给您让出地方，和这个女人离开。再说在您成为法官之前，您还有好多必须学习的东西。我虽然对你们的法学训练了解得不很清楚，但是估计，只会出言不逊——看来您已经恬不知耻地精通此道了——还远远不够。”

“本来就不应该让他随便到处跑，”大学生说，仿佛他想就K的侮辱性语言对女人做出解释，“这是一个失策。我对预审官说了，应该在审讯期间把他关在屋里。预审官有时候让人无法理解。”

“废话！”K说。他把手朝着女人伸开：“来吧。”

“原来如此，”大学生说，“不，不，您得不到她。”说着用力把她抱到一个胳膊上——人们简直不相信他有这么大力气——弯着腰，温柔地朝她看着，往门口跑去。此刻不难看出，他在K面前有点害怕，尽管如此他还是敢于刺激K，因为他用空着的那只手抚摸女人的胳膊并紧紧捏着。

K在他旁边跟着跑了几步，准备抓住他，如果必要的话，甚至要掐住他的脖子，这时候女人说：“没有用的，预审官让他把我带去，我不能跟您走，这个丑陋的小怪物。”她用手摸了摸大学生的脸又说：“这个小怪物不放开我。”

“是您不想得到自由。”K喊，同时把手放到大学生肩膀上，大学生用牙齿咬他的手。

“不，”女人喊起来，两手拼命推开K，“不，只是不要这样，您到底想什么呢！那会毁了我的。您让他去吧，求您啦，让他去吧。他只是执行预审官的命令，把我带到他那儿去。”

“那他可以走啦，我再不想看见您。”由于失望，K 非常生气地说，同时给了大学生背后一拳，打得他跌跌撞撞，幸好没跌倒，接着他抱着女人跳起来，跑开了。K 跟在他们身后慢慢走，他看出来，这是第一次毫无疑问的失败，他从那些人那里得到的失败。自然用不着气馁，他所以失败是因为他挑起的战斗。假如他待在家里，过他习惯的生活，他比这些人中的任何人都优越一千倍，可以把任何一个挡他道的人一脚踢开。他设想一个比如可能出现的可笑场景，假如这个可怜的大学生，这个趾高气扬的年轻人，这个长胡子的罗圈腿跪在艾尔莎的床前，双手合十乞求她的垂爱。K 对这个想象很得意，于是他决定，只要一有机会，就把大学生带到艾尔莎那儿一次。出于好奇 K 又赶快走到门口，他想看看女人被带到什么地方去，大学生总不会把她托在胳膊上穿过街道吧。他看到，路很短。就在这栋楼门对面好像有一道狭窄的木头楼梯通向阁楼，楼梯转了一个弯，所以看不见尽头。大学生慢慢地、气喘吁吁地抱着女人上了楼梯，因为跑了这么长路，他已经没劲了。女人用一只手向下对 K 打招呼，同时在肩膀上扭来扭去，想以此证明，在这次绑架事件中她是无辜的，但是在这种动作中也看不出来多少遗憾。K 毫无表情地看着她，像看着一个陌生人，他既不想流露他的失望，也不想显出他很容易克服失望的情绪。

两个人已经看不见了，但是 K 还是一直站在门边。他不得不猜想，女人不仅欺骗了他，而且用她被带到预审官那儿去的谎言欺骗他。预审官可能就没坐在阁楼等她。就人们能看到的木楼梯，什么也说明不了。突然 K 在进口发现了一张字条，走了过去，字条上用孩子的不熟练的笔迹写着：“法院办公室入口。”在这儿，出租房的阁楼上竟然是法院办公室？这不是能引起注意的地方，它使被告安心地猜想，法院才有这么点钱可以支配，把办公室放在这样的地方，已经穷极潦倒的那些房客把他们没用的杂物扔到这里。当然也不排除，法院有钱，但是官员们不是用到司法用途上，而是装到自己的腰包里。根据 K 迄今为止的经验，甚至很可能如此，只是法庭这样的挥霍在被告看来虽然有失尊严，但是从根本上说还是比法院的贫穷让人安心点。现在 K 也明白了，他们第一次审讯时，不好意思把被告请到阁楼上，因此宁愿在他的寓所纠缠他。和法官相比，K 的地位多么优越，当他在银行里能够自己有一间带套间的大办公室，通过一扇巨大的窗户眺望下面熙熙攘攘的城市广场时，法官只能坐在阁楼上。自然他没有从贿赂或没收得来的其他收入，也不能让仆人把女人托在手上带到办公室来。但是 K 至少在这一生中很愿意放弃这些。

K 还在布告牌前站了一会儿，一个人从楼梯上走下来，通过敞开的门朝卧室里看，从这里也可以看见会议室，最后他问 K，前不久在这里是否看见了一个女人。“您是法庭的差役，不是吗？”K 问。

“是的，”那人说，“哦，您是被告 K，现在我也认出您来了，欢迎您。”K 完全没料到，他向 K 伸出手来。K 没有作声，差役接着说：“但是今天没宣布开庭。”

“我知道。”K 说，同时打量着差役身上穿的便服，它唯一的职务标志是除了几颗普通扣子以外还缀着两颗好像是从旧军装上扯下来的金纽扣，“我刚刚还和您妻子说过话。她不在这儿了。大学生把她带到预审官那里去了。”

“您瞧，别人总是把她带走。今天是星期日，我不上班，但是只是为了让我离开这儿，派我去送一个怎么说也没用的消息。而且不把我派得太远，以至于我希望如果我快点，能及时赶回来。于是我能跑多快，就跑多快，透过门缝对着接受我的报告的办公室使劲喊出我报告的消息，我几乎喘不过气来，人们差点听不明白我说的是什么，我就又往回跑，可是大学生比我还快，他肯定有一条近路，他只需跑下阁楼的楼梯。我要不是得听命于这里，我早就把大学生按到墙上，打得稀烂。在这儿，布告牌旁边。我一直梦想这一场面。就在这儿，他被紧紧压在地板上，手臂伸直，手指张开，两条弯腿拧成一个圈，地上到处是血。但是迄今为止这只是一个梦。”

“没有别人帮忙吗？”K 微笑着问。

“我不知道还有什么办法。”差役说，“而且现在更气人了，原来他只把她带到自己那儿去，现在他也把她带到预审官那里，这我早就料到了。”

“那您妻子在这当中就没有一点责任？”K 问，在问这个问题时他必须克制自己，因为现在他也感到非常嫉妒。

“当然有，”差役说，“她甚至责任最大。是她离不开他，至于他，他一看见女人就追。单单在这栋房子里，他已经五次被人从他悄悄溜进去的人家里轰了出来。我老婆当然是这整栋房子里最漂亮的，正是我不能保护自己。”

“假如事情是这样，那自然没有办法。”K说。

“为什么没有？”差役问，“大学生是个胆小鬼，假如他再要引诱我老婆时，得有人把他狠狠揍一顿，让他永远再不敢。但是我不能，别人又不愿意帮我，大家都怕他的权势。只有一个人，像您可以做。”

“怎么会是我？”K吃惊地问。

“您反正已经被控告了。”差役说。

“是啊，”K说，“但是那我更得害怕啦，尽管他也许不能影响诉讼，可是很可能对预审有影响。”

“是这么回事，”差役说，仿佛K的意见和他自己的看法一样都对，“在我们这儿一般不审判毫无希望的案件。”

“我不同意您的意见，”K说，“但是这不会阻止我找机会教训大学生。”

“那我太感谢了。”差役有点客套地说，实际上他好像还不相信他的最高愿望能实现。

“也许，”K接着说，“你们这儿其他的官员，甚至所有官员也将受到同样对待。”

“是啊，是啊。”差役说，仿佛是什么不言而喻的事。然后他用信任的目光看着K，在这之前他对K虽然友好，但还不是信任，他补充说："人总是要反抗的。"但是谈话似乎使他觉得有点不舒服，因为他中断了话题，他说："现在我得到办公室报到。您一块儿来吗？"

"我在那里没什么事好干。"K说。

"您可以看看办公室。没有人会注意您。"

"值得一看吗？"K问，犹豫了一下，但是有兴趣跟着去。

"现在，"差役说，"我想，您会感兴趣的。"

"好，"K终于说，"我也去，"他比差役更快地跑上楼梯。

在进门处他差点摔倒，因为门背后还有一级阶梯。

"他们不顾及公众。"他说。

"他们根本不照顾任何人，"差役说，"您只要看看这儿的候审室。"

这是一道长走廊，两旁是一扇扇简陋的门通向阁楼的各个房间。虽然没有直接的光线射进来，但也不很暗，因为有些房间对着走廊的墙不是整块木板，而是直通到天花板的木头格子，透过木栅栏可以进来一些光线，也可以看见个别官员坐在桌边写或者正好站在木栅栏旁，从木格子中间观察走廊里的人。可能因为是星期日，走廊里人很少。他们脸上露出谦恭的表情。他们几乎等距离地坐在安放在走廊两旁的两排木头长凳上。所有人都穿着随便。尽管如此，大多数人从脸上的表情、态度、蓄须的样子和许多几乎很难判断的细节看，属于比较高的等级。因为没有挂衣钩，他们把帽子放到凳子底下，也许是一个学着另一个的样子。坐得离门最近的人看到K和差役，就起身打招呼；这时后边的人也看到了，他们以为也必须表示欢迎，于是所有的人在他们两人走过时都站起身来。他们没有完全站直，弓着背，膝盖弯曲，像街上的乞丐。K等走在他后边一点的差役赶上来时对他说："他们多么恭顺啊。"

"是呀，"差役说，"您在这儿看见的这些人都是被控告的。"

"真的吗？"K说，"那么他们是我的同伴。"他朝着离他最近的一个瘦高个儿转过脸去，那人的头发几乎都灰白了。"您在这儿等什么？"K客气地问。可是这个出乎意料的问题却使那人十分慌乱，这显得更是狼狈，因为这人显然是个有经验的人，在别的地方肯定会控制自己，不会轻易放弃对于许多人的优越感。但是在这儿，一个这么简单的问题他都不知道如何回答，而是望着其他人，好像别人有义务帮助他似的，如果得不到帮助，那就没有人能从他口中得到回答。这时为了安慰这个人，给他打气，差役走上前说："这儿的这位先生只是问，您等什么。您回答吧。"差役那可能使他觉得熟悉的声音有点安慰作用。"我等——"那人开始，又打住了。显然他选这样的开头，是为了详细、准确地回答问题，但是现在又不知道怎么说下去了。等着的一些人走近，围成一个圈，差役对他们说："走开，躲开，把路让开。"他们退后一点，但是没回到他们原来的座位。这时候被问的人静下心来，甚至带着微微的笑意回答："我一个月前就提交了一些我的案子的证明材料，我等结果呢。"

“看来您是付出了不少努力。”K 说。

“当然啦，”那人说，“这是我的案子嘛。”

“不是每个人都像您这么想，”K 说，“比如我也被控告，虽然我真的想幸福快乐，但我既没有提交一份证明，也没做类似的任何事情。您认为有这种必要吗？”

“我不太清楚。”那人又不完全自信了；他显然以为 K 是和他开玩笑，所以由于害怕犯新的错误，他本来也许最好完全重复早先的回答，但是在 K 不耐烦的目光注视下，他只说：“至于说到我，我提交了证明。”

“您也许不相信，我是被控告的。”K 问。

“噢，不，当然相信。”他说着走到旁边，可是在他的回答中听到的不是相信，而只是害怕。

“那么说，您不相信我？”K 问，由于那人谦卑的样子，K 不由自主地抓住他的胳膊，好像要逼迫他相信似的。但是 K 不想弄疼他，只是轻轻抓住他，尽管如此那人还是喊起来，仿佛 K 不是用两个手指，而是用一把烧红的钳子夹住他似的。这种可笑的叫喊终于使 K 觉得无法忍受了；假如那人不相信他被控告，那更好；也许他甚至把 K 当成法官了。现在在告别时，他把那人抓得更紧，把他推回到座位上，继续朝前走去。

“大多数被告就是这么敏感。”差役说。在他们身后现在几乎所有等着的人都聚集到那人周围，他已经停止喊叫，大家好像在向他详细打听他和那两人之间的谈话。现在一个看守朝 K 走来，他的身份主要是从佩剑看出来的，至少根据剑鞘的颜色看是铝制品。K对此感到惊讶，甚至用手去抓。由于喊叫声过来的看守询问刚才发生的事情。差役试图用几句话让他放心，可是看守解释说，他必须亲自看看，行了个礼，又继续迈着小碎步往前走，也许是由于患痛风的缘故，步子迈不大。

K没有继续注意他和走廊上的人群，特别是因为他看见，大约在走廊中间可以穿过一个没有门的敞口往右拐。他和差役商量，这条路对不对，差役点点头，于是K真的拐进去。他总是得走在差役前面一两步，这使他觉得很别扭，至少在这个地方会给人一种印象，好像他被捕了，被带到法庭面前。于是他经常等一会儿差役，可是这个差役立刻又退回到后边。为了结束这种尴尬的局面，K终于说："现在我看完了这儿是什么样的，我要回去了。"

"您还没把一切都看完。"差役完全没有恶意地说。

"我不想全看，"K说，他真的感觉累了，"我想走，怎么到出口？"

"您不是已经迷路了吧？"差役吃惊地问，"您一直走到转弯的地方，然后向右沿着通道走下去，一直到门口。"

"您和我一块走吧，"K说，"您给我指路，我会迷路的，这儿有那么多条路。"

"这是唯一的路，"差役责备地说，"我不能和您一块回去，我得报到，因为您我已经浪费了许多时间了。"

"跟我一起走。"K重复说，现在声音更强硬了，仿佛他终于发觉差役说谎了。

“您别这么大声喊，”差役小声对他说，“这儿到处都是办公室。如果您不愿意单独回去，那么您再跟我走一段或者在这儿等到我报完到，那时我愿意和您一块回去。”

“不，不，”K说，“我不会等的，您必须现在就跟我走。”他还没来得及在他站立的这个地方回身看看，周围的许多个木门中的一扇打开了，他向那边看去。

一个姑娘，可能是被他大声说话喊出来的，走过来问：“先生想要什么？”在她身后好远的地方，在半明半暗的光线下可以看见一个男人正在靠近。

K望着差役。这个人刚才还说，没人会注意K，可现在一下子来了两个，用不了多久，官员们也会注意到他，想得到他在场的解释。唯一可以理解、可以接受的理由是，他是被控告者，想知道下一次开庭的日期，但是他正是不想做出这样的解释，特别是因为它也不符合事实，因为他只是出于好奇，或者想确认他的假设，法庭内部和外表一样可憎，可这样的解释更说不过去了。看来他的假设有道理，他不想再深入下去了，到现在为止他所看到的，已经使他憋得够呛，现在从每个门背后都可能走出来一个高级官员，而他正不想与他们正面交锋，他想离开，而且和差役一道，或者一个人走，假如不得不如此的话。

但是他默不作声地站着想必引人注目，而且姑娘和差役真的用那样一种眼光注视他，仿佛几秒钟之内在他身上必然发生某种重大变化，他们不想错过观察的机会似的。K 刚才在远处发现的那个人站在门口，用手紧紧抓住低矮的门框，踮起脚尖轻轻摇晃，像一个不耐烦的观众。可是姑娘却首先看出 K 的态度是由于稍感不适的缘故，她搬来一把椅子，问道："您不想坐下来吗？"K 立刻坐下来，而且为了坐得安稳一点，用胳膊支在扶手上。"您有点头晕，是吗？"她问他。现在她的脸就在他面前，表情严肃，像某些女人在她们漂亮的年轻时代时那样。"您别想这些了，"她说，"这儿没有什么不平常的事，几乎每个人，如果第一次到这儿来，都会这样突然发病。您是第一次来这儿吧？那好，这没什么不寻常的。太阳照着屋顶的房梁，晒得滚烫的木头使空气闷热。因此这个地方不很适于当办公室，虽然通常它有不少优点。至于说到空气，白天当事人来来往往，几乎每天都是这样，空气浑浊，简直让人透不过气来。然后您再想想，在这儿还挂着好多已经洗好、要晾干的衣服——不能完全禁止房客在这儿晒衣服——那您就不会对您有点不舒服感到奇怪了。但是人们最终会习惯这种空气的。如果您第二次、第三次到这儿来，您几乎不会再感觉到憋闷。您觉得好点了吗？"

K 没有回答，他觉得很尴尬，由于突然虚弱而听任这里的人摆布，此外因为他现在得知头昏的原因后并没有好一点，而是有点更难受了。姑娘立刻就发现了，为了让 K 呼吸到新鲜空气，拿起靠在墙边的带钩木棍，朝外推开正好在 K 头顶上的一扇小天窗。但是进来那么多黑烟，使得姑娘不得不又马上把天窗关上，用她的手绢把K落上煤烟的手擦干净，因为K太累了，自己照顾不了自己。他很想在这儿安安静静地坐一会儿，等到他有足够的力气再离开，但是别人越少关心他一点，多半他的体力可以恢复得更快一点。可是，姑娘现在却说："您不能待在这里，我们在这儿妨碍交通。"K用目光问，他究竟妨碍了什么交通——"如果您愿意，我带您去病房。"

"请您帮帮我。"她对门口的那人说，那人立刻走过来。但是K不想去病房，他正想避免继续被人带着走，他越往前走，肯定形势对他越不利。"我已经能走了。"因此他说着站起来，但是因为已经坐惯了舒服的椅子，腿有点发抖，站不直。"确实走不了。"他摇摇头说，叹了口气，又坐了下来。他想起差役，尽管这样，他大概还能不费力地把他领出去，但是他好像早就离开了，K从站在他面前的姑娘和那个男人中间望过去，也没能发现差役。

"我认为，"那人说，他穿得一般说来很得体，特别是一件灰色马甲，下端是两个剪裁得又尖又长的尖角，更引人注目，"这位先生的不适是因为这里的气氛，如果我们不先把他送到病房，而是带出办公室，那最好，他也会最喜欢。"

"那是，"K叫起来，高兴得几乎要打断那人的话，"我肯定会立刻好多了，我根本没这么虚弱，只是需要有人稍微扶一把，我不会给你们造成太多麻烦的，路也不长，你们只要把我带到门口，然后我再在台阶上坐一会儿，立刻就会恢复，我平时根本没犯过这种病，这次我自己也很吃惊。我自己也是官员，习惯办公室的空气，但是这里的空气好像太坏了，您自己说的。您能不能好心带我一段路，我头昏目眩，我一个人站着的时候，很难受。”他抬起肩膀，好让那两人搀住他的手臂。

但是那人不遵从他的请求，而是安详地把手插在口袋里，大笑。“您看，”他对姑娘说，“就是说，我做得对。因为只是在这里感觉不适，不是在哪儿都这样。”姑娘也微笑，但是用指尖轻轻碰了一下那人的胳膊，好像是说，那人和 K 开玩笑太过了。

“可是您究竟想什么呢，”那人还一再笑着说，“我真的是想把这位先生带出去。”

“那好。”姑娘说，她把她那漂亮的脑袋微微低了一下。“您别太把这笑声当回事，”姑娘对 K 说，K 仍然伤心地呆望着前面，好像不需要解释，“这位先生——我可以介绍您吗？”（那人做了允许的手势）“这位先生是消息发布人。他向等着的人公布他们需要的消息，因为我们的法庭在居民中不太有名，因此需要许多消息。对所有的问题他都知道答案，您如果有兴趣的话，可以试试他。但是这不是他唯一的优点，他的第二个优点是服装时髦。也就是说我们全体官员曾经决定，问讯处的官员必须穿着得体，因为他总是第一个和当事人打交道，应该给人留下庄重的印象。我们其他人，您从我身上立刻就可以看出来，很遗憾，穿得很差；在服装上花心思也没有多少意义，我们几乎一直在办公室，我们睡觉也在这里。但是像刚才所说，对于问讯处官员来说，我们曾经认为，时髦的服装是必要的。但是因为从我们的管理部门得不到这样的衣服，这很奇，我们就募捐——当事人也捐款——我们给他买这套服装和其他衣服。本来一切已经可以留下一个好的印象了，但是他的大笑又破坏了气氛，而且把人们吓着了。”

“是这么回事，”那人嘲笑地说，“但是我不理解，小姐，为什么您对这位先生讲述我们的内部秘密，说得好听点，把我们的秘密强迫灌到他耳朵里，因为显然他根本不想知道。您只要看看，他坐在这里显然只是办他自己的事。”K根本不想反驳，姑娘的意图可能是好的，她的目的也许是替他解闷，或者使他有可能振作精神，可是方法错了。

“我必须向他解释您的笑”，姑娘说，“那可是一种侮辱。”

“我相信，如果我把他最终带出去，再可气的侮辱他也会原谅。”

K什么也没说，没有抬头看一下，他忍耐着，那两个人像商谈一个没有生命的物体那样谈论他，他甚至宁肯他们这样对待他。但是突然他觉出，一个胳膊上有讯问官的一只手，另一个胳膊上是姑娘的一只手。

“那好，往起站，您这个虚弱的人。”问讯处的官员说。

“我太感谢你们两人了。”K惊喜地说，同时慢慢站起来，自己把两个陌生的手放到他最需要支持的地方。“看起来是这样，”当他们接近通道时，姑娘在K的耳边小声说，“似乎我特别想显示问讯处官员好的一面，但是您可以相信，我确实想说事实。他的心肠不硬。他没有义务把生病的当事人带出去，可是像您看到的，他做了。也许我们中间没有人是铁石心肠的，也许我们很想帮助所有人，但是作为法庭官员，我们很容易有一种表象，仿佛我们是铁石心肠的，不愿意帮助任何人。我正好为此感到痛苦。”

“您不想在这里稍微坐一会儿吗？”问讯处官员问，他们已经到了走廊里，正好在一个被控告者面前，K刚才和他说过话，K在他面前几乎感到不好意思，早先他在他面前站得那么直，现在却不得不由两个人扶着他，问讯处官员张开手指挑着他的帽子，他的头发乱了，垂到满是汗水的额头上。但是那个被告好像一点也没有发觉，毕恭毕敬地站在根本没朝他看的问讯处官员面前，只想为自己的在场道歉。

“我知道，”他说，“我的申请的结果今天还不会下来。但是我来了，我想，我也许可以在这儿等，今天是星期日啊，我有的是时间，而且在我这儿不碍事。”

“您不必太为此道歉，”问讯处官员说，“您的小心谨慎完全值得称道，您虽然不必要地占了这儿的地方，尽管如此我仍不想阻拦您具体了解您的案件的进程，只要不给我造成太多麻烦就行。那些可耻地玩忽职守的人见多了，人们就能学会宽容像您这样的人。坐下吧。”

“瞧他多么会和当事人谈话啊！”姑娘小声说。K点点头，马上又抬起头，这时问讯处官员又问他：“您不想在这儿坐一会儿吗？”

“不，”K说，“我不想休息。”他用十分肯定的口气说，但实际上坐下来才会使他觉得舒服；他像是晕船。他觉得是在一艘艰难航行的船上。海水拍打着木墙，仿佛从走廊深处传来波涛翻滚的咆哮声，通道摇晃得好像要翻过来，两边等着的当事人沉下去，又被托起来，浮出水面。更不可理解的是，带领他的姑娘和那个人却十分镇定。他听凭他们摆布，假如他们放开他，他肯定得像一块木头那样倒下去。他们的小眼睛中锐利的目光四处打量；K感觉他们的步伐均匀，他不用跟着迈步，因为他几乎是被一步一步拖着走的。终于他发觉，他们和他说话，但是他不懂，他只听到到处一片喧闹，透过这嘈杂的声音似乎听到汽笛发出的一直不变的高音。“大声点。”他低下头不好意思地小声说，因为他知道，他们的声音已经够大了，虽然他听不懂。这时候他面前的墙仿佛裂开了，一股清新的空气终于迎面扑来，他听见身旁有人说：“起初他想离开，但是后来别人可能对他说了上百次，这儿是出口，而他还是不动地方。”K发觉，他站在出口的大门处，姑娘已经打开了大门。他觉得所有的力量一下子回到他身上，为了抢先享受自由的快乐，他立即踏到一级台阶上，从那儿和陪伴他的人告别，他们也向他俯下身子。“非常感谢。”他一再重复说，并一直握着两人的手不放，直到他看见，他们因为习惯了办公室内的空气，楼梯上吹来的相对来说新鲜的空气使他们不能忍受，他才把手松开。他们几乎没有力气回答，如果K不是迅速把门关上的话，也许姑娘就倒在地上了。

K又静静地站了一会儿，借助一面小镜子整理头发，戴上搁在楼梯平台上的帽子——可能是问讯处官员扔在那儿的——然后大步飞速跑下楼梯。这样的变化使他几乎自己都有点害怕了。平日他完全健康的身体没有发生过意外。难道他的身体要造反，因为他如此不费劲地承受了旧的诉讼，又给他准备了一次新的考验？他没有完全放弃这个念头，下次有机会去找医生看看，但是无论如何他想——在这一点上他可以自己决定——以后所有的星期天都要比这个星期天利用得好些。

第五章　打手

几天以后的一个晚上，K 下班后回家。这次他几乎是最后一个回家，在发行部只有两个职员还在一盏白炽灯的微弱光线下工作。当他经过由他的办公室通向主楼楼梯的通道时，听到在一间屋子的门背后发出呻吟声。他原先一直以为那里只是一个废物储藏间，自己从没去看过。他吃惊地停住脚步，又仔细倾听，为了判断，是不是听错了——有一会儿没有声音，但是接着又有呻吟声——起初他想叫一个职员来，也许需要一个证人，可是后来一种抑制不住的好奇心理抓住了他，他大大方方地拉开门。他估计得没错，那里真的是一间废物储藏间。用不着的旧印刷品和陶制的空墨水瓶乱七八糟地扔在门槛里边。杂物间里却站着三个人，在低矮的房间里他们只得弯着腰站着，一只固定在架子上的蜡烛给他们照亮。“你们在这里干什么？”K 由于激动匆忙地问，但是声音不大。

一个人先把目光收回来，他显然是领导其他人的，身穿一件深色皮衣，从脖子到前胸和两条胳膊都裸露着，他没有答话。但另外两个人喊道："先生，我们得受鞭打，因为您在预审官面前告了我们。"

直到现在K才认出，这真是看守弗兰茨和威廉，而第三个人手中拿着荆条，是为了拷打他们。

"怎么回事？"K目瞪口呆地凝视着他们，"我没有告你们，我只是说了，在我家发生了什么事。而你们的行为当然不是无可指责的。"

"先生，"威廉说，这时弗兰茨躲在他身后，显然是努力躲避那第三个人，"如果您知道，我们挣得多么少，您可能对我们的看法会好点。我得养活一个家，而弗兰茨想在这儿结婚，人总是想发财，怎么发，只靠工作不行，即便拼命干。您那些精致的衣服使我眼馋，当然看守这样做是禁止的，这不对，但是传统是衣服属于看守，总是这样，请相信我；再说这也可以理解，这样一些东西对那些这么倒霉被捕的人来说难道还有什么意义吗？当然如果他把这事公开说出来，那肯定得受惩罚。"

"你们现在说的，我不知道，我也绝没要求惩罚你们，我觉得问题在于原则。"

"弗兰茨，"威廉转身对另一个看守说，"我没对您说过吗，这位先生没有要求惩罚我们。现在您听着，他从来不知道，我们得受惩罚。"

"别被这些话打动，"第三个人对K说，"惩罚既合理也不可避免。”

“别听他的，”威廉说道，然后又立刻住嘴，因为他的手被荆条抽了一下，疼得他赶快把手放到嘴边，“我受鞭打，只是因为您把我们告了。否则我们什么事也不会出，即便有人知道，我们干了什么。您能把这叫作公正吗？我们两个人，特别是我，当看守是经过长时间选择的——您自己也不得不承认，从官方的立场看，我们忠于职守——我们本来有继续发展的前途，肯定不久也变成打手，像这人一样，他正好走运，没有人告发他，因为一个这样的控告确实很少见。而现在，先生，一切都完了，我们的生涯结束了，我们将不得不从事比看守低级的工作，此外我们现在还得到一顿痛打。”

“鞭打就真会这么疼？”K 问，同时看着打手在他眼前挥舞的荆条。

“我们必须脱光衣服。”威廉说。

“哦，原来是这样。”K 说，他更仔细地看着打手，那人晒得黑黑的，像个水手，长了一张粗野、健壮的面孔。“没有可能省了这两个人的这顿鞭打吗？”他问那人。

“不行。”打手微笑着摇摇头说。“你们俩脱下衣服来。”他命令看守。而对 K，他说：“您绝不能一切都相信。他们因为害怕，在挨打之前就已经变得有点弱智了。而这个人，比如说”——他指着威廉——“关于他可能晋升的前程的说法，简直十分可笑。您看他多肥胖——最初的几下鞭打根本就留不下痕迹——您知道他怎么能变得这么肥胖吗？他习惯于把所有被捕的人的早餐都吃光。他不是把您的早餐也吃完了吗？那么现在我说的对吧。但是一个有这么大的肚子的人永远不能当打手，完全被排除了。”

“也有像我这么胖的打手。”威廉声称，他正解开裤子。

“没有！”打手说，同时用荆条往他脖子上这么一抽，使他疼得缩成一团，“您不应该听我们说话，而应该脱衣服。”

“假如您放他们走，我会重重酬谢您的。”K说，他没有再看打手一眼——这种交易双方都最好睁一只眼，闭一只眼——抽出他的钱夹。

“那您也许会告发我，”打手说，“而且让我也挨打，不，不！”

“您倒是好好想想，”K说，“要是我想惩罚他们两个人，那我现在就根本不会想赎回他们。我完全可以关上这儿的门，什么也不继续看，继续听，干脆回家。但是我现在没这么做，我真的是一心想放了他们；要是当初我预感到，他们会受到惩罚，或者有可能受罚，我绝不会说出他们的名字。我根本不认为他们有罪，有罪的是机构，是那些高官。”

“就是这样。”看守喊起来，他们裸露的背上立刻又挨了一鞭。

“假如您的鞭子底下是一个高级法官，”K一面说，一面把已经又要高高举起的鞭子按住，“那我真的不会阻止您打，相反我会给您钱，让您更有劲干好这事。”

“您说的听起来倒是可信，”打手说，“但是我不接受贿赂。派我当打手，那我就打。”看守弗兰茨刚才一直盼望K的介入能有一个好的结局，所以相对克制，现在只穿着裤子走到门口，跪下来抓住K的胳膊小声说："假如您为我们两个人说情行不通，那么想办法至少放了我。威廉比我年纪大，从哪个角度说都更皮实些，他几年前已经受过一次轻微的鞭打，我却还没有受过侮辱，而且我的行为只是由威廉带的，好歹他是我的老师。我可怜的未婚妻在下边银行前边出口处等我呢，我这副可怜相太丢人了。"他泪流满面，用K的外衣把脸擦干。"我不再等了。"打手说，两手抓起鞭子朝弗兰茨打下去，这时，威廉蹲在墙角，偷偷看着，连头都不敢动一动。这时，弗兰茨发出一长声惨叫，好像不是由人的喉咙，而是由一架受到拷打折磨的机器发出来的声音在整个走廊回荡，整栋房子多半也听见了。

"别喊！"K嚷道，他忍不住了，当他紧张地往差役们肯定走来的方向看时，他踢了弗兰茨一脚，使的劲并不太大，但是足够把这个昏头昏脑的人踢倒，踢得他浑身抽搐，用双手在地上摸索；但是他没有逃脱鞭打，鞭子在地上找着了他，他在地上翻来滚去，鞭梢有规律地上下挥舞。在远处已经出现了一个勤杂工，在他身后还有第二个人的脚步声。K赶快把门关上，走到附近的一扇朝院子的窗户前，打开窗户。喊声完全停止了。为了不让勤杂工进来，他喊："我在这儿。"

"晚上好，襄理先生。"那边回应道，"出了什么事吗？"

"没有，没有，"K回答，"只是院子里的一条狗叫。"勤杂工仍然站住不动，他又补充道："你们可以回去干你们的活了。"为了不必再和勤杂工说话，他这会儿从窗子里探出身子。过了一小会儿，他又往走廊里看，发现他们已经走了。可是 K 留在窗户边，他不敢回到废物储藏间，可也不想回家。这是一个四方形的小院，他在院子里往下看，四周安排的是办公室，现在所有的窗户都已经黑了，只有最上边的反射着月光。K 拼命睁大眼睛朝着一个角落的黑暗中看，那里堆着几辆手推车。他觉得很难过，因为他没能阻止鞭打，但是没成功不是他的过错——当然肯定很疼，但是在一个关键时刻人们必须克制——要是他不喊，那也许 K，至少是很可能还找到一种方法说服打手。如果整个最下层职员都是无赖的话，为什么打手，这一最没有人性的职业，应该例外？ K 看得很仔细，他在看见钞票时，眼睛里怎样放光，他坚持要打那两个人，只是为了提高点价码罢了。K 本来也没想省钱，他是真的很想放了那两个看守；他现在已经开始和法庭的腐败做斗争，那么不言而喻他也从这个方面进攻。但是在这一刹那，弗兰茨开始喊叫，自然一切都完了。K 不能允许勤杂工，也许可能还有其他人进来，发觉他和在储物间的那帮人的交易。没有人能要求 K 做这样的牺牲。假如他有意这样做的话，那可能就简单多了，K 就自己脱下衣服，代替看守挨打了。此外如果打手肯定不接受这种替代，因为他从中得不到好处，尽管如此他还会被控严重失职，有可能被控双重失职，因为只要 K 的案子一天没结束，对于法院所有的职员来说，他都是不能伤害的。当然可能这里也有特殊的规定。不管怎么说，K 别无选择，只有关门，尽管如此现在对于 K 来说也不是完全没有危险了。很遗憾，他最后还是推了弗兰茨一把，这只能用过分激动来辩解。

他听见远处有差役的脚步声，为了不引起别人对他们的注意，他关上窗户，朝楼梯口走去。在废物储藏间的门旁他站了一会儿，倾听。一点声音也没有。那人可能把看守打死了，他们完全处于他权势之下。K 把手伸向门把手，但是后来又缩回来。他不能再帮助任何人，差役们肯定马上就来；不过他暗自发誓，一定要把这事揭露出去，让真正的罪犯，那些其中还没有一个敢在他面前露面的高级官员，在他力所能及的范围内受到应有的惩罚。当他走下银行的露天台阶时，他仔细观察所有过路的人，但是即便在远处周围也没看见等人的姑娘。弗兰茨说的什么关于他的未婚妻等着他的话，证明是一片谎言，但是可以原谅，目的只是为了唤起更大的同情。

第二天 K 的脑子里还一直想着看守。他在工作，但是精神不能集中，为了克服这种精神涣散，他不得不比前一天在办公室待得久一点。他在回家的路上又经过那个废物储藏间，他习惯地打开门。他看到的不是一片昏暗，在看到的情景面前他无法镇静。一切都没有变化，像他前一天晚上打开门时一样。旧印刷品和墨水瓶还紧靠着门，扔在门槛后面，拿着鞭子的打手、还没有完全穿好衣服的看守、架子上的蜡烛，看守又开始诉苦，叫喊："先生！" K 立刻砰的一声把门关上，还用拳头捶了几下，好像就可以关得牢一点。他几乎是哭着跑到安静地在复印机旁工作的职员那里，职员们惊讶地停止了工作。“你们倒是把废物储藏间清扫干净啊！”他喊，“我们这儿简直成了垃圾堆了。”职员们准备第二天干，K点点头，现在已经很晚了，他不能再强迫他们工作，像他本来打算的那样。他又坐了一会儿，为了让职员在身边再待一会儿，他随便乱翻几份复印件，以为这样可以做出检查工作的样子，后来当他看出，职员们可能不敢和他一道离开时，他只好疲惫不堪、脑子里一片空白地回家去了。

第六章　K 的叔叔——莱妮

一天下午——信件送走之前，K 正忙得要命——两个职员正拿着文件等他签字，这时 K 的叔叔卡尔，一个乡村小地主挤了进来。K 看见他时并不太吃惊，因为他很早以前就设想过卡尔叔叔进来时的样子。卡尔叔叔肯定会来的，这个念头早在一个月前就在他脑子里打转。当时他觉得自己已经看见他了，他的腰有点弯着，左手拿着一顶压得皱巴巴的巴拿马帽，远远地就朝他伸出手来，他的手毫无顾忌地一下子从桌子上伸过来，把上面所有碍事的东西都扫到了地上。叔叔总是急匆匆的，因为他总是怀着倒霉的想法，认为他必须在首都停留的一天时间里把要办的事情都处理完，此外他也不能放掉和人谈话或做生意或者消遣的机会。这时候 K，叔叔曾经作为 K 的监护人，特别有义务，尽可能地给他帮忙，并且让他在家里过夜。“乡下来的魔鬼。”K 总是这么称呼他。

刚刚打完招呼——都没时间在 K 给他搬来的靠背椅上坐

下——他就要求和 K 私下交谈。“这是十分必要的，”他说，吃力地打了个嗝，“为了让我放心，必须来找你。”K 立即指示职员到房间外边，不让任何人进来。“知道我听说什么了吗，约瑟夫？”等到房间里就剩他们俩时，叔叔喊道，他坐在桌子上，看也不看，就把各种纸张都塞到身底下，这样好坐得舒服点。K 没有说话，他知道，什么事将要来临，但是像他这样，突然从紧张的工作中松弛下来，立即沉浸于安逸的轻松感觉中。他透过窗户看着对面的街道，从他的座位只能看见一块小三角，两个商店橱窗之间的空房子的一段墙壁。

“你还从窗户往外看，”叔叔扬起胳膊大喊，“看在上帝的分上，你倒是回答我啊。是真的吗？难道会是真的？”

“亲爱的叔叔，”K 一边说，一边把目光收回来，“我根本不知道，你要我说什么。”

“约瑟夫，”叔叔警告说，“就我所知，你一向是说实话的。我应该把你最后的话理解为不好的信号吧。”

“我估计到你要说什么，”K 顺从地说，“你也许听说我的案子了。”

“是这么回事，”叔叔慢慢点头回答，“我听说你的案子了。”

“从谁那儿听说的？”K 问。

“艾尔娜写信告诉我的，”叔叔说，“你和她本来没有多少交往，很遗憾，你也不怎么关心她，尽管如此她知道了此事。今天我接到了信，自然就马上到这儿来了。没有别的理由，但是好像这理由已经足够了。我可以把信中有关你的部分念念。”他从皮夹子里把信抽出来，“这儿。她写道：‘我已经好久没看见约瑟夫了，几个星期前我有一次去银行，但是约瑟夫那么忙，没让我进去；我几乎等了一个钟头，可后来不得不回家，因为我有钢琴课。我很想和他谈话，也许最近会找到机会。在我的生日他送给我一大盒巧克力，真好，而且想得周到。我忘了当时写信告诉你们，直到现在因为你们问起我，我才回想起来。巧克力，你们想必知道，在公寓里立刻消失了，几乎还没等我意识到，收到了礼物，巧克力已经没了。但是涉及约瑟夫；我还要和你们说点；如我刚才提到的，在银行里没能让我到他那儿去，因为他正在和一位先生交涉。我静静地等了一段时间后，问一个职员，谈判是否还要延长很久。他说，大概是的，因为可能是为了一件对襄理先生的诉讼案。我问，什么诉讼案，会不会是弄错了，但是他说，没弄错，而且是一件严重的诉讼案，更多的他也不知道了。他自己很想帮助襄理先生，因为这是个很好、很正直的先生，但是他不知道应该怎么办，他只希望，有影响的人士关心他的案子。这也肯定会的，最终会有好结果，但是从襄理先生的情绪看，事情暂时很不好。当然我不把这些话看得太重，也尽量安慰单纯的职员，禁止他再对其他人说，我认为，整件事情只是瞎扯。尽管如此也许这样好点，如果你，亲爱的父亲，下次你去看他时问问这事，了解详细情况，对你来说很容易，而且如果真的有必要，通过你有影响的朋友圈子干预此事。但是如果不必要，那也是很可能的，那么至少不久会让你的女儿有机会拥抱你，她会很高兴的。’一个好孩子。”

叔叔念完信时说，同时抬起手，擦去脸上的眼泪。K点点头，由于前一段时间各种干扰，他把艾尔娜忘得一干二净，甚至于她的生日也忘了，那个巧克力的故事显然只是为了在叔叔和婶婶面前保护他编出来的。实在令人感动，从现在开始他要定期给她送戏票，这肯定不足以报答她，但是到公寓拜访，和一个十七岁的文科中学小女学生谈话，他觉得现在不合适。

“喏，现在你说什么？”叔叔问，由于读信，他忘记了匆忙和激动，好像还要再念一遍。

“是的，叔叔，”K说，“这是真的。”

“真的？”叔叔喊起来，“什么是真的？怎么能是真的？什么诉讼？不是刑事案件吧？”

“是刑事案件。”K回答。

“既然一件刑事案件缠身，你怎么还能平静地坐在这儿？”叔叔越喊声音越大。

“我越平静，对结局越好。”K疲惫地说，“什么也别怕。”

“这不能让我放心。”叔叔喊，“约瑟夫，亲爱的约瑟夫，想想你自己，想想你的亲属，我们的好名声。迄今为止你是我们的骄傲，你不能使我们蒙羞。你的态度，”他歪着头凝视K，“我不喜欢，没有一个还有力量的无辜被告采取这样的态度。快告诉我，问题在哪儿，这样我好帮助你。当然是涉及银行吧？”

“不是，”K说着站起来，“但是你说话声音太大了，亲爱的叔叔，服务生很可能就站在门边听着呢。我觉得不舒服。我们最好离开。我将尽力回答所有问题。我知道得很清楚，我有责任对家庭做出解释。”

“对呀，”叔叔喊道，“太正确了，赶快说，约瑟夫，快点。”

“我只是还有一些事情必须交代。”K说，他打电话叫他的助手来，几分钟后助手进来了。叔叔激动地用手指给他看，说明是K电话通知他来的，其实这本来是没有怀疑的。K站在写字台前，借助各种文件小声向年轻人解释，今天在他不在的情况下还必须处理什么问题，年轻人冷漠，但是注意地听着。叔叔睁大眼睛，神经质地咬着嘴唇站在一旁，他没在听他们说的话，可是他的样子已经使K觉得受到干扰，够烦心的了。但是后来他又在房间里走来走去，一会儿站在窗户前，一会儿站在一幅画前，同时嘴里还一直嘟嘟囔囔迸出几句，如“我完全不明白”或“现在只要告诉我，究竟会怎么样”。年轻人装作什么也没看见，静静地听完K的嘱咐，也记了点什么，然后对K，也对叔叔鞠了个躬，就走开了，可是叔叔这时候恰好背过身，从窗户往外看，伸出手把窗帘拢到一起。几乎还没等门关上，叔叔就喊起来：“这个傻瓜终于走了，现在我们也走吧。总算可以走了！”但是没有办法说动叔叔在前厅不提诉讼的问题，那里到处站着官员和职工，副经理正好也迎面走来。

“我说，约瑟夫，”还在K点头致意回答站在旁边的人的敬礼时，叔叔就开口了，“现在坦率地告诉我，是一个什么案子。”

K做了几个什么也没说明的动作，稍微笑了一下，到楼梯上才对叔叔解释，他不想在那些人面前公开谈话。

“对，”叔叔说，“但是现在说吧。”他歪着脑袋，紧抽了几口雪茄，用心听着。

“首先，叔叔，”K说，“这根本不是一件普通法庭受理的案子。”

“这很糟。”叔叔说。

“怎么呢？”K一边说着，一边凝视着叔叔。

“我觉得，这很糟。”叔叔重复了一句。他们站在通向大街的露天台阶上；因为看门人好像在偷听，K把叔叔拉到下边；他们融入喧嚣的车流、人流中。叔叔和K手挽着手，他不再着急打听案子，他们甚至沉默地继续往前走了一段路。“可这是怎么发生的呢？”叔叔终于问道，他突然停住脚步，使得走在他后边的人吓得往后退。“这种事情可不是突然来的，他们准备了好久，肯定会有迹象，为什么你不写信告诉我。你知道的，我会为你做一切，在某种意义上我还是你的监护人，而且到现在为止，我一直为你自豪。当然我现在也可以帮助你，只是现在，如果案子已经在进行过程中，很难。不管怎么说最好这样，如果你现在请几天假，到乡下我们那儿去。现在我发现，你也有点瘦了。在乡下你会强壮起来，那会很好的，以后肯定还有紧张的审讯等着你呢。此外这样你也可以在一定程度上避开法庭。在这里他们可以拥有一切统治手段，只要认为有必要，就会自动对你使出来；在乡下他们则很可能得先想法派人来，或者只用信、电话、电报通知。这样一来作用自然就没那么大了，虽然没能使你得到解脱，但是让你松口了气。”

“可他们多半会禁止我离开。”K说，叔叔的话多少有点进到他的脑子里了。

“我不相信，他们会这么干。”叔叔沉思着说，“你的离开不会给他们的权力造成那么大损失。”

“我原来以为，”K说，同时拽叔叔的胳膊，不让他停脚，“你对整个事情没有我看得那么严重，而现在你自己那么在乎这事。”

“约瑟夫，”叔叔喊起来，他想挣脱开，站在原地不走，但是K不放开他，“你变了，你一向可是头脑清醒，而现在怎么糊涂啦？难道你想输掉案子吗？你知道这意味着什么吗？这意味着你将被一笔勾销。而且整个家族都被卷进去，或者至少要蒙受耻辱。约瑟夫，鼓起勇气来吧。你这样无动于衷真叫我也发疯了。如果别人看见你这个样子，几乎会相信那句俗语：‘这样的案子一打准输。’”

“亲爱的叔叔，”K说，“激动没有用处，对你是这样，对我也是如此。怀着激动的情绪赢不了案子，让我靠点我的实际经验吧，就像我一直尊敬你的经验，现在也尊重你的经验，虽然这种经验有时让我吃惊。因为你说过，家庭也会因此受到牵连——我其实不理解，但是那是次要的——那么我想在各方面都听你的。只是住到乡下去，我本人觉得，按照你的观点看，也不可取，因为那将意味着畏罪潜逃，也就是说意识到有罪。此外我在这儿虽然受到的压力比较大，但是我也可以为自己的案子更多做点事。”

“对，”叔叔用这样一种声调说，好像他们的意见现在终于彼此接近了，“我只是提个建议，因为我看到，如果你留在这里，你无动于衷的态度对事情有危害，我觉得这样更好些，我代替你为你奔走。如果你想自己全力以赴地干，那当然再好不过啦。”

“这么说，我们一致了。”K 说，“你现在有什么建议，我应该首先做什么？”

“我得好好考虑一下，我现在一直住在乡下已经快二十年了，在此期间我的察觉能力在这方面有些减弱。和许多可能对这儿更了解的人物的重要联系自然减少了。我在乡下有点被人遗忘了，这你是知道的。人们其实甚至在这种情况下才发觉这一点。你的事情对我来说也有点出乎意料，虽然我看了艾尔娜的信后已经很奇怪地有这样的预感，而且今天在你的目光中我几乎可以确信。但是这无所谓，现在重要的是不再浪费时间。”他一边说话，一边踮起脚尖，向一辆汽车招手，对司机喊出一个地址，同时拉着 K 跟在他身后上了车。“我们现在去找胡尔德律师，”他说，“他是我的中学同学。你一定也知道这个名字吧，不知道？这可奇怪了。他作为辩护人和穷人的律师声望很高。我则对他的为人特别信任。”

“我认为，你做的一切都对。”K 说，虽然叔叔处理这件事急匆匆的样子使他觉得不舒服。作为被告去找一个穷人律师，不是一件很高兴的事。“我不知道，”他说，“在这样的一件案子里也能把一个律师拉进来。”

“那当然啦，”叔叔说，“这是不言而喻的，为什么不呢？现在给我讲讲，到现在为止发生的一切，好让我对事情有更具体的了解。”

K 立刻开始讲述，没有任何隐瞒，他彻底地坦诚，是他能够让自己对叔叔的看法做出的唯一抗议，叔叔认为诉讼是一个大伤害。他只有一次轻描淡写地提到毕斯特纳小姐的名字，但是这不妨碍他的坦诚，因为毕斯特纳小姐和诉讼没有关系。在他叙述时，他透过窗户向外边望去，看到他们恰好接近办公室设在阁楼上的那个法庭所在的郊区，他让叔叔注意，但是叔叔不觉得这种巧合有什么特别。车在一栋暗色的房子前停下来。叔叔在底层立刻按响第一个门的门铃；在他们等着的时候，他微笑着露出他的大牙齿，小声说道：“八点，对于当事人拜访来说是个不寻常的时间。但是胡尔德不会生我的气的。”门上窥视孔里出现了两个黑色大眼睛，对两个客人看了一会儿，又消失了；但是门没打开。叔叔和 K 相互证实一个事实，确实看见了两个眼睛。

“一个新来的女仆，她怕生人。”叔叔说着又一次敲门。眼睛又出现了，现在可以认为它们有点悲伤，也许只是一种假象，是因为没有罩子的煤气灯造成的，灯在头顶上发出“嘶嘶”声响，却没有多大光亮。

“请您开开门，”叔叔喊道，同时用拳头捶打门，“我们是律师先生的朋友。”

“律师先生病了。”在他们身后一个声音小声说。走廊另一头的一扇门里站着一位身穿睡袍的先生，用特别轻的声音通报这个情况。

因为长时间等待已经生气了的叔叔一下子转过身来，大喊：“病了？您说，他病了？”几乎是威胁地朝他走过去，似乎这个先生是急病似的。

“有人已经把门打开了。”先生说着指指律师的门，裹紧他的睡袍，不见了。门真的开了，一个年轻姑娘——K又认出那双有点往外凸出的黑眼睛——系着长长的白围裙站在门厅里，手中拿着一支蜡烛。

“下次请您快点开门。”在姑娘微微屈膝行礼时，叔叔不是和她打招呼，而是说了这句话。“来，约瑟夫。”然后他对K说，K慢慢从姑娘旁边挤过去。

“律师先生病了。”姑娘说，因为叔叔没站住脚，而是快步向门走去。K惊讶地看着姑娘，这时候她已经转过身，想把卧室门再锁上，她长了一张圆圆的娃娃脸，不仅苍白的脸颊和下巴圆滚滚的，而且太阳穴和额头也是圆的。

“约瑟夫，”叔叔又喊了一声，而且问姑娘，“是心脏病吗？”

“我认为可能是。”姑娘说，这会儿她举着蜡烛走在前边，打开房门。在房间的一个角落，烛光还照不到的地方，从床上露出一张长着长胡子的脸。

“莱妮，谁来了？”律师问，他被烛光照花了眼，没认出客人来。

“阿尔伯特，你的老朋友。”叔叔说。

“噢，阿尔伯特。”律师说着又倒在枕头上，好像在这个拜访面前用不着掩饰。

“真的这么严重吗？”叔叔问，同时坐在床边，“我相信不会。这是你的心脏病偶然发作，像以前一样，会过去的。”

“可能，”律师轻声说，“但是这次比从前坏，我呼吸困难，根本睡不着，力气一天比一天差。”

“哦，”叔叔说，用他的大手把巴拿马帽子紧紧压在膝头，“这是坏消息。此外你有正确的护理吗？这儿也如此可悲。这么暗。自从我最后一次在这儿，已经过去很久了，当时气氛似乎还友好一点。你这儿的年轻小姐好像也不是很风趣，她掩饰自己。”姑娘还一直手持蜡烛站在门旁，从她游离不定的目光可以看出，她更多地盯住K看，而不是看着叔叔，虽然叔叔现在正说到她。K靠在一张靠背椅中，他把椅子挪到了姑娘附近。

“谁病得像我一样，就必须休息。我不觉得悲哀。”休息一小会儿后，他又补充说，“莱妮护理我护理得很好，她很忠实。”

但是叔叔不肯相信，他显然对女护士有成见，虽然他现在说不出什么反驳病人的话。女护士朝床那边走了过去，把蜡烛放到床头柜上，朝病人弯下身去，一边整理枕头，一边在病人耳边窃窃私语，这时候他一直用严厉的目光盯着她。他几乎忘记顾及病人，站起来，在看护身后走来走去，假如他在后边抓住她的裙子，把她拖离床边，K 可能都不会吃惊。K 自己平静地看着这一切，他甚至高兴律师生病，叔叔对他的事情表现出的热心他不能反对，现在不用他费心，这种热忱就被引开了，他很愿意接受这种情况。这时也许只是有意贬低女看护，叔叔说："喂，小姐，请让我们单独待一会儿，我和我的朋友有私人事情要商量。"

这时看护还弯着腰，正在把靠墙那边的床单抚平，她只转过头，平静地回答："您看见了，主人病得这么厉害，他不能商量任何事情。"她平静的语调和叔叔由于愤怒变得结结巴巴，后来又流畅的语言形成鲜明对比。或许只是为了省事，她重复了叔叔的话，不管怎么说，即便一个局外人也会觉得这话有讽刺的味道，叔叔则觉得像被黄蜂蜇了一下。

"你，该死的家伙！"由于激动他嘴里含糊不清地骂道，K 吓了一跳，尽管他预料到类似的情况，还是跑到叔叔那里，想用两只手捂住叔叔的嘴。幸好病人在姑娘身后坐起来了，叔叔做了个鬼脸，好像吞下去什么恶心的东西似的，然后比较平静地说："我们当然还没有失去理智，假如我提出的要求不可能实现，那我不会要求。现在请您走吧。"看护直立在床边，面对着叔叔，像 K 认为自己发觉的那样，一只手抚摸着律师的手。

"你一切都可以当着莱妮的面说。"病人无疑是以一种迫切请求的语气说。

"这和我没关系，"叔叔说，"这不是我的秘密。"他转过身去，仿佛再没有商量的余地，但是还给律师一点思考的时间。

“究竟涉及谁呢？”律师以微弱的声音问，又躺回去了。

“我的侄子，”叔叔说，“我把他也带来了。”说着他介绍：“襄理约瑟夫·K。”

“噢。”病人说着情绪活跃了好多，他向K伸出手来说：“请您原谅，我根本没发觉您。”“走吧，莱妮。”然后他对护士说，把手伸给她，好像是一次长时间告别似的，女看护也没有表示反对，顺从地离开了。“那么说，你，”他终于对叔叔说话了，后者也表示和解，走近了一点，“不是为了探望病人来的，而是找我办事的。”好像到现在为止，以为别人是探望病人的这种猜测弄得他毫无生气，可现在看起来精神好多了，胳膊肘一直支在床上，一只手一再捻着他的胡子中央的一缕胡须，这样想必十分吃力。

“你看起来已经好多了，”叔叔说，“自从这个小妖精到门外以后。”他停顿一下，耳语道：“我打赌，她在偷听。”说着跳到门口。但是门背后没有人，叔叔又回来，不是失望，而是好像使他很痛苦，因为她不偷听似乎对他来说是更坏的事。

“你错误估计了她。”律师说，没有继续为女看护辩护；也许他想以此表达，她不需要保护，但是以十分同情的口吻继续说：“至于你的侄子摊上的事，如果我的力量对于这个特别困难的任务能够用的话，那么我当然很高兴；我很怕，力量不够，不管怎么说我将尽一切力量；如果我的力量不够，可以再把其他人拉进来。老实说，这个案子我是这么感兴趣，以致不忍放弃参与的任何机会。如果我的心脏坚持不下来，那么至少在这儿可以找到一个值得让它完全衰竭的机会。”

K 相信，他不完全理解这一段谈话，他看着叔叔，想从那儿得到一个解释，但是叔叔坐在那里，手中拿着放在床头柜上的蜡烛，有一个装药的小瓶已经从柜子上滚到地毯上了，律师说什么他都点头，表示同意，同时他还不时朝 K 这边看，要求 K 也同意。也许以前叔叔已经对律师讲过这个案子，但是这不可能，先前发生的一切正好否定了这点。“我不明白——”所以他说。

“是的，也许您误解了我？”律师既吃惊又和 K 同样尴尬地问，“也许我太着急了。您要和我谈什么来着？我想，涉及您的诉讼吧？”

“当然。”叔叔说，然后问 K，“你到底想要干什么？”

“是的，但是您究竟从哪儿知道我和我的案子的？”K 问。

“噢，原来如此，”律师微笑着说，“我可是律师，我和司法界有来往，那里人们谈论各种案件，引人注目的案件，特别是如果涉及我朋友的侄子，当然会记在脑子里。这没什么奇怪的。”

“你到底要干什么？”叔叔又一次问 K，“你这么坐立不安？”

“您和这些司法界的人有来往？”K 问。

“是的。”律师说。

“你问话像一个孩子。”叔叔说。

“如果不和我的业务领域的人来往，那我应该和谁来往？”律师补充说。他的话听起来无可辩驳，K 根本没法回答。“可是您准是在司法大楼里的法院工作，不是设在阁楼里的法庭。”他想这么说，但是并没有真的说出来。“您必须想到，”律师接着说，用一种解释什么多余的、不言而喻的事情的口气，顺带提一下，“您确实必须想到，从这种交往中我的全体当事人会有很大好处，而且在各个方面，这不能公开说出来。自然现在由于病的原因，我的交往受到些影响，但是尽管如此，法院里我的好友来看我，我听到一些。也许比在健康的情况下，整天坐在法院里，得到的消息更多。比如现在我就有一个亲密的朋友拜访。”他指指房间黑暗的角落。

“怎么，哪儿？”K 由于惊讶几乎是粗鲁地问。他没有把握地环顾四周；小蜡烛的光照不到对面远处的墙。可是在那个角落里真的有什么开始动。在叔叔现在高举着的烛光下，人们看到那儿有一个老先生坐在一张小桌旁。他大概根本没喘气，所以待在那里这么长时间没被发现。现在他缓慢地站起来，显然对人们注意他不满意。他的两只手像小鸟的翅膀那样挥动着，仿佛要把一切介绍和寒暄都赶开似的，仿佛他绝不愿意由于自己的存在打扰别人，而且急切地希望重新回到黑暗中，让别人忘掉他的存在。但是现在他做不到了。

“你们的来访使我们感到突然。”律师解释说，同时鼓励性地向那人示意，让他走上前来，那人却缓慢、犹豫地左顾右盼，然而以某种庄重的姿态走过来，“法院办公室主任先生——哦，是这样，对不起，我忘记介绍了——这是我的朋友阿尔伯特·K，这儿这位是他的侄子，襄理约瑟夫·K，这是法院办公室主任——就是说主任先生如此热情地来看望我。这次探望的价值只有了解情况的人才懂得，因为他们知道，主任先生工作多么繁忙。但是尽管如此现在他来了，在我病弱的身体允许的情况下，我们亲热地交谈，我们虽然没有告诉莱妮禁止来访，因为我们没料到有人来，但是我们确实认为，我们应该单独待着，但是后来传来你用拳头捶门的声音，阿尔伯特，主任先生就连同桌椅挪到墙角去了，但是现在情况是，如果希望一起商量一下与我们大家有关的案件的话，我们可以坐到一块。主任先生。”律师说着朝主任点点头，露出谦恭的笑容，同时指指放在床附近的一张靠背椅。

“很遗憾，我只能再待几分钟，”主任友好地说，他大摇大摆地坐到靠背椅中，看着手表，“我还有公事。无论如何我不想放过这个认识我的朋友的一个朋友的机会。”他把头稍稍偏向叔叔，叔叔看来对新结识一个人十分满意，但是由于他的本性，不会表达恭顺的感情，而是用尴尬的大笑回答主任的这番话。一个令人厌恶的时刻！ K能够平静地观察一切，因为没有人注意到他，主任觉得，像他习惯的那样，因为他已经站出来了，就掌握了谈话的主动权，律师，他最初的病弱身体也许本来应该赶走新的拜访者，现在一只手放在耳朵边注意听着，手持蜡烛的叔叔——他把蜡烛放在他的大腿上保持平衡，律师常常担心地往这儿瞧——很快就摆脱了尴尬，只是更兴奋了，既由于办公室主任说话的方式，也是由于他说话时轻柔的、波浪般的手势。K靠在床架上，也许主任甚至完全有意忽略了他，只让他充当老先生们的听众。此外他也不懂他们谈的是什么，一会儿想到女看护，想到她受到叔叔粗暴的对待；一会儿又想到，他是否曾经见过一次办公室主任，也许在他的第一次预审会上。假如他也许弄错了的话，那么办公室主任站到第一排与会者、长着稀疏胡子的老头队伍中倒是最合适的。

从前厅传来像是打破瓷器的声音使大家注意倾听。“我去看看，出什么事了。”K说着慢慢出屋子，好像还给别人一个叫住他的机会。他刚走进前厅，想适应黑暗的环境，他的手还紧抓住门，就有一只手放到他的手上，比K的手小得多，而且门轻轻关上了。这是女看护，她等在这里。

“什么事也没发生。”她小声说，“我只是把一只碟子对着墙扔过去，为了把您叫出来。”

K拘束地说：“我也想到是您。”

“那更好了，”看护说，“请您过来。”走了几步以后，他们来到一扇磨砂玻璃门前，看护在K前面把门打开。“您进去吧。”她说。这显然是律师的工作室；人们在月光下可以看到，只有两扇大窗户的每一扇边上，有一小方块地板被月光照亮，房间里摆着笨重的旧家具。“到这儿来。”女看护指着一个带有木头雕花扶手的深色靠背椅说。当他坐下去时，他还在房间里四处看，这是一个高大的房间，穷人律师的雇主在这儿想必会出现茫然若失的感觉。K相信，自己仿佛看见来访者向无比巨大的办公桌走近的细碎的步子。但是一会儿，他忘了这事，眼里只有在他身旁坐得很近、几乎把他挤得紧靠着椅子扶手的女看护。“我以为，您会自己出来找我，不用我非得叫您。这真是很奇怪。起初您一进门就目不转睛地盯着我看，然后又让我等着。”“顺带说一句，请您叫我莱妮。”她迅速补充道，仿佛这次谈话一刻也不应耽误似的。

“很愿意。”K 说，“但是至于说到奇怪，这很容易解释。首先我当然必须注意听老头们的谈话，而且不能没有理由地离开，其次我不粗野，而是更腼腆，而您莱妮，实际上看来也不像是一下子就能到手的。”

“不是的。”莱妮把一条胳膊放到椅子靠背上，同时眼睛盯着 K 说，“但是，您不喜欢我，大概现在也不喜欢。”

“喜欢这个词也许不太够。”K 闪烁其词。

“啊！”她微笑着说，通过 K 的说明和这一声轻轻的呼喊，她赢得了某种优势。K 因此沉默了一会儿。因为他已经对房间的黑暗习惯了，能够分辨出房间摆设的各种细节。他特别喜欢门右边挂着的一幅大型油画，为了看得更清楚，他弯下身去。那是身穿法官长袍的一个男子，坐在像宝座一样高高的安乐椅上，椅子是镀金的，金光闪闪地从画中突现出来。不同寻常的是，这个法官不是在那里正襟危坐，而是左臂几乎紧靠着椅背和扶手，右臂却完全悬空，只用手抓着旁边的扶手，似乎他想随时急速、也许是愤怒地一下子转身跳起来，好说出什么决定性的意见或者甚至宣布判决。可以想见，被告多半就在台阶最下面，在画面上还可以看见铺着黄地毯的最上面几级台阶。

“也许这是我的法官。”K 用一个手指指着画说。

“我认识他，”莱妮也看着画说，“他经常到这儿来。这画出自一个青年之手，但是他和画一点儿也不像，因为他几乎是圆圆的矮个子。尽管如此他让人在画中把他画得这么瘦长，因为他像所有这儿的人一样，毫无意义的虚荣。但是我也有虚荣心，对您根本不喜欢我非常不满。”

对于这最后一句话 K 只能这样回答，他拥抱莱妮，把她拉到自己怀中，她默默地把头靠到 K 的肩上。但是对她说的其他话他说：“他担任什么职务？”

“他是预审官。”她说，抓住 K 搂着她的手，把玩他的手指。

“又是预审官。”K 回答说，“高级官员掩饰自己。但是他却坐在宝座上。”

“这都是瞎画的，”莱妮说，她把脸俯在 K 的手上，“实际上他坐在一张厨房用的椅子上，上面垫了一张叠成双层、搭在马背上的旧毯子。您还一直想着您的案子吗？”她慢慢补充问道。

“不完全不想，”K 说，“我想，也许甚至想得太少了。”

“这不是您的错，”莱妮说，“您太严厉，我这么听说的。”

“谁说的？”K 问，他感觉到她的身体贴着他的胸脯，朝下看她那浓密、乌黑、编得很紧的头发。

“要是我说出来，我就透露得太多了。”莱妮回答，“请您别问他的名字，但是改正您的错误，别再这么毫不容情，一个人不能对抗法庭，必须做出供认。您在下一个机会认罪吧，这时候您才有可能逃脱，只有这样以后才可能。但是甚至这一点，没有外来的帮助也是不可能的，关于这种帮助，您不必害怕，我愿意想办法帮助您。”

“您很懂这个法庭和法庭在这儿耍的一些必要的花招。”K说着把她抱到膝头上，因为她压着他太沉了。

“这样更好。”她说，同时抚平裙子，把上衣拉直。然后她搂住他的脖子，向后仰，久久地看着他。

“假如我不认罪，那您就不能帮助我吗？”K试探着问，“我一直找女人帮忙，”他几乎吃惊地想，“先是毕斯特纳小姐，然后是法庭差役的妻子，最后是这个小女看护，她好像对我有一种不可理解的需求。就像她坐在我的膝盖上，仿佛这是她唯一正确的位置。”

“不，”莱妮慢慢摇头回答，“那我不能帮助您。因为您根本不要我的帮助，您觉得无所谓，您固执，而且不听人劝。”

“您有情人吗？”过了一小会儿她问。

“没有。”K说。

“不，您有。”她说。

“真的，是有。”K说，“您只要想想，我否认我有情人，可兜里却装着她的照片。”

在她的请求下，他给他看艾尔莎的照片，她蜷缩在他的膝头上，仔细研究照片。那是一张快相，艾尔莎正在跳旋转舞时照的，她喜欢在酒吧跳这种舞，她的裙子在旋转时张开，像一把伞那样高高飘起，双手按在臀部，伸长了脖子冲着旁边笑；从照片上看不出是对谁笑。“她的衣服系得太紧了。”莱妮用手指着可以看见的，照她看来绷得太紧的地方说，“我不喜欢她，她不灵活而且粗鲁。也许她在您面前温柔、体贴，这一点从照片上可以看出来。这么强壮、高大的姑娘常常除了温柔和体贴，别的什么也不会。她会为了您牺牲自己吗？”

“不。”K说，“她既不温柔、体贴，也不会为了我牺牲自己。迄今为止我既没向她要求过这个，也没向她要求过那个。是啊，我还是没像您那样仔细看过照片。”

“那这么说您不太在乎她，”莱妮说，“她根本不是您的情人。”

“当然啦！”K说，“我收回我的话。”

“那么就算现在她是您的情人，”莱妮说，“假如您失去她或者用我或什么别的人代替，您不会很惦记她吧？”

“当然，”K微笑着说，“这是可以想见的，但是对于您来说，她有很大的长处，她一点也不知道我的案子，而且即便她知道什么，她也不会想这事。她不会设法说服我顺从。”

“这不是长处。”莱妮说，“假如她没有其他优点，我就不会丧失勇气。她有什么身体上的缺陷吗？”

“身体上的缺陷？”K问。

“对啦，”莱妮说，“我可有一个小缺陷，您瞧。”她张开右手的中指和食指，在两个手指之间有一层薄膜连着，一直长到短小的手指的第一个关节处。在黑暗中K没有立刻发现她想给他看的这一点，因此她引导着他的手，让他触摸。

“多么奇妙的自然现象啊！”K说。当他仔细看了看整只手后，又补充道：“多么美丽的小手啊！”莱妮自豪地看着K怎样惊讶地一再把两个手指掰开又合拢，最后他终于草草地吻了一下手，然后放开了。

“啊！”她立刻欢呼起来，“您吻了我！”她张大嘴，跪着急忙爬到他的膝盖上，K吃惊地看着她，现在因为她和他挨得那么近，从她身上传过来一股呛人的胡椒粉味，她搂住他的头，俯下身子，咬、吻他的脖子，甚至咬到他的发根。“您用我代替了！”她不停地喊，“现在您看，您真的用我代替了！”这时，她的膝盖一滑，随着一声轻轻的呼叫，她差点跌到地毯上，K伸手朝她抓去，想把她抓住，结果被她拽到地上。“现在您属于我了。”她说。

“这是房子的钥匙，什么时候想来就来。”这是她最后的话，在转身离去的路上，她还从背后给了他一个飞吻。当他走出大门时，外面下起了小雨，他想走到街道中间，为了也许还能从窗户看看莱妮，这时叔叔从一辆停在楼前的汽车里冲出来，K因为注意力不集中，根本没发现他，叔叔抓住他的胳膊，把他往大门上撞，仿佛要把他钉在那里似的。“小伙子，”他喊：“你怎么能干这事！你严重地伤害了你本来有希望的事情，你和这个肮脏的小东西一起溜掉，而且一待就是几个钟头，再说她显然是律师的情妇。不找任何借口，什么也不隐瞒，直到公开跑到她那里，和她待在一起。而在这时候，我们却坐在一起，为你奔忙的叔叔、应该为你争取过来的律师，特别是办公室主任，这个在现阶段正好能左右你的案子的大人物。我们想商量怎么帮助你。我必须小心和律师周旋，律师又得小心翼翼地对待办公室主任，而你本来有一切理由应该至少支持我。可你却溜号了。这一切最终也瞒不住，老先生只是客气，不提此事，他们原谅我，但是最后他们再也克制不住了，因为他们不能谈案子了，就不说话了。我们默不作声地在那里坐了好几分钟，想听听你是否最终会回来。一切都是徒劳。最后办公室主任站起身来告别，他待的时间比他原来想的已经长得多了，他特意向我表示遗憾，没能帮上忙，在门口他又特别好心地停留了一会儿，然后走了。我当然高兴，他走了，我倒松了口气。这一切对生病的律师影响大得多，我和他告别时，他，一个好人，根本说不出话来。你很可能使他的身体完全垮掉，加速一个你依赖的人的死亡。而让我，你的叔叔在这里，在雨中，全身湿透地等上几个钟头。”

第七章　律师——工厂主——画家

在一个冬天的上午——外面暗淡的光线中飘着雪花——虽然还是早晨，K 已经十分疲惫地坐在办公室里。为了至少在下级面前保持自己的尊严，他给办事员下了指令，不让他们中的任何人进来，因为他在忙一件大生意。但是他并没有工作，而是在他的转椅中转来转去，把桌子上的一些东西慢慢推开，然后不知不觉地把整条胳膊在桌面上伸开，垂着头，一动不动地坐在那里。

他一直没有停止思考关于案子的事。他经常在考虑，写一份辩护书递交法庭是否好一点。他想在里边提交一份生平简历，为每一件重要的事件都做出解释，说明出于什么原因他那样做，按照他目前的判断，这种行为方式应该否定还是赞同，能够说出这样做或那样做的理由。这样的一种辩护词比起仅仅通过律师，再说一般也不是无懈可击的辩护来无疑是有优势的。K 甚至不知道，律师在做什么；不管怎么说，做得不多，已经有一个月他没有叫 K

去了，前几次的谈话也没给K留下这样的印象，这个人能为他办多少事。特别是他几乎根本没有询问过他。可这里确实有好多问题。询问是主要任务。K觉得，仿佛他自己可以提出在这儿十分必要的所有问题。律师不询问他，而是自己讲或者坐在他对面，不出声，也许是因为他的听力不好，在办公桌前俯下身子，捻着他下巴上的胡须，向地毯上看，也许正好盯着K和莱妮躺过的那块地方。他时而给K一些空洞的警告，像人们告诫孩子那样。既没用、又无聊的谈话，K在最后一次结算时一个子儿也不想付。在律师认为已经使K受到了足够的侮辱后，通常开始又给他打点气。然后他解释，他已经全部或者部分赢过好多类似的案子，尽管那些也许实际上不像这个这么困难，表面看来更没有希望。他在这儿的抽屉里就有这些案件的一览表——说着他敲敲桌子的某一个抽屉——但是很遗憾，文件他不能拿给他看，因为这涉及官方机密。尽管如此他通过所有这些案子取得的大量经验现在自然对K有好处。他本可以立即开始工作，第一份呈文已经写好了。这是很重要的，因为辩护的第一印象常常决定诉讼过程的全部方向。很遗憾，据此他当然不得不提醒K注意，有时会有这样的事情发生，第一份呈文法庭根本不看。人们干脆把它归档，并指示说，眼下对被告的传讯和考察比所有文字的东西都更重要。如果当事人特别急切的话，他们还会补充说，在判决前要把所有材料都集中到一起，在这种情况下，当然所有文件，也就是说，第一份呈文也会审核的。但是可惜大多数时候不是这样，第一份呈文通常不知被放到哪儿去了，或者干脆丢了，即便一直保留到最后，就像律师自然只是道听途说得知的，几乎没看过。这一切真令人惋惜，可是也不是完全不合理，K 确实不能不注意到，审理程序不是公开进行的，如果法庭认为有必要公开，规则也不会公之于众。在这种情况下法庭的文件，特别是起诉书，被告和他的辩护人是得不到的，因此在一般情况下人们不知道，至少知道得不详细，第一份呈文应该针对什么，这样只有在偶然的情况下，它实际上才能包含对案件有意义的某些内容。真正准确、能够有说服力的抗辩书只有在对被告审讯的过程中，具体的控告内容及其理由明显表露出来，或者能猜到时才能写出来。在这种形势下，辩护自然处于不利的困难境地。但这也是故意的。也就是说，法律实际上不许可辩护，而只是容忍罢了，而从有关的法律条款看是否应该理解为允许辩护，这一点存在争议。因此严格地说根本没有法庭承认的律师，所有作为律师在法庭出席的都只是不起眼的讼师而已。这当然非常损害这个职业的尊严，假如 K 下一次到法院办公室去，为了自己亲眼看见这种情况，可以看看律师屋。他大概将被那里聚集的人吓一跳。

分配给他们低矮、拥挤的小房间已经表明法院对他们这些人的轻视。光线只能从高处的一个小窟窿照进来，以至如果有人想向外看的话，他就不得不找一个同事把他驮在背上，可那里前边紧挨着的壁炉的煤烟就会飞到他的鼻子里，把脸都熏黑了。小屋的地板上——为了说明情况，再举一个例子——一年多以来就有一个洞，只是还没有大到把一个人掉进去，但是也够大的了，完全可以把一条腿漏下去。律师屋在阁楼的第二层，即一个人要是掉下去，那他的腿会垂到第一层，而且正好在当事人等候的过道上方。如果在律师圈子里把这些情况说成恶劣的话，一点不为过。向管理机构申诉没有任何结果，可是也严格禁止律师自己出钱改善屋子里的设施。但是这样对待律师也有他们的理由。他们想尽可能排除辩护，一切都应该落到被告本人身上。这种看法基本上不错，但是如果由此得出在这个法庭上被告不需要律师的结论，就不对了。相反，没有一个法庭像这个法庭这么需要律师。也就是说，一般情况下审理过程不仅对公众保密，而且也对被告保密。自然只是在可能的情况下，但是这种可能的限度很大。也就是说被告看不到法庭文件，而且很难从审讯推断以审讯为基础形成的文件，特别是对于被告，还有好多担忧的事让他分神。这会儿得靠辩护参与了。在审讯时一般不允许辩护人在场，因此他们必须在审讯之后，而且尽可能在预审厅门口就向被告打听审讯的情况，从这些非常含糊不清的叙述中选取有用的消息。但是最重要的不是这个，因为靠这种方式得不到很多东西，虽然这儿和其他地方一样，一个能干的人自然会比其他人得到的多。尽管如此，最重要的仍然是律师的个人关系，辩护的主要价值就在于此。现在大概 K 从他自己的经历中也已经明白，法院的最下层机构不是完美无缺的，玩忽职守和贪赃枉法的职员在一定程度上使法院的严密机构也有漏洞。许多律师就抓住这一点，于是出现行贿、偷听，而且至少在早期甚至发生盗窃档案的事件。

不可否认，一时间用这种方式甚至能得出对于被告极为有利的结果，这些小律师以此到处炫耀，吸引新的委托人，但是对于诉讼的继续进行，它不是毫无用处，就是没有好结果。然而只有诚实的个人关系，而且是和比较高的官员的关系才有价值，当然指的是基层中地位较高的官员。只有这样才会对诉讼继续进行产生影响，当然起初觉察不到，但是后来会越来越明显。只有少数律师能做到，而在这里 K 的选择就很有利。也许还有一两个律师能够证明自己有和胡尔德博士类似的关系。这些人当然不理睬坐在律师屋中那帮同行，也和他们毫无关系，而和法院官员的联系却更密切。胡尔德博士用不着到法庭去，在预审官们的前厅等候官员们偶然出现，看他们的情绪好坏，争取一个大多数情况下只是虚假的成功或者连这也不如的结果。不，K 自己就看到了，官员们，其中有相当多高级官员，自己就来了，乐意提供消息，公开或者至少是做出容易明白的暗示，和他们讨论案子的进程，甚至在个别细节上被说服，愿意采纳外人的意见。当然在这方面不能过于相信他们。即便他们肯定说出有利于被告的意见，然而也许等他们径直走进办公室，下达第二天的法庭决定，包含恰恰相反的内容，可能对被告比他们最初的意见更严厉得多，这本来是他们声称放弃的意见。对此别人自然不能反对，因为那是他们私下说的，因为只是私下说说，如果辩护人不再另外努力维持住这些先生的好感的话，许诺就不会公开兑现。

另一方面这也是正确的，先生们不仅是出于诸如仁爱或友爱的感情和辩护人，当然只是和明白事理的辩护人建立联系，从某种意义上说他们也更依赖于律师。这里正暴露出司法机构的缺点，它自己一开始就确定司法保密。官员缺乏和民众的接触，对于一般的中等案子他们准备充分，一个这样的案子几乎是按照常规自动向前进展，只需要在这里或那里推动一下，而面对非常简单的案子也如同面对特别棘手的案子一样，他们常常一筹莫展，因为他们日日夜夜埋头于法律条文中，没有真正意义上的人际往来，在这些案子中他们太缺乏这一点了。然后他们就到律师这里来讨教，他们身后跟着一个办事员捧着平时如此机密的文件。在这扇窗子这儿人们也许可以碰到平时很难期望见到的某些先生，他们正一筹莫展地向小巷眺望，而这时律师坐在他的办公桌旁研究文件，以便能给他们一个好的建议。此外人们恰好趁这个机会可以看看，先生们怎样小心翼翼地对待他们的职业，怎样在根本不可逾越的障碍面前陷入绝望。应当说，他们的位置也不容易，不能把他们的处境看得容易，那对他们也不公平。司法机构中的等级顺序和晋升是没完没了的，就是内行也看不明白。法院的诉讼程序一般说来对于下级官员也是保密的，因此他们几乎不能一直追踪他们当时承办的案子的继续进程，也就是说，他们只能看见司法案件，往往不知道从哪儿来的，案件在进展，他们也不知道往哪儿去。这些官员得不到从对个别案件及其最终判决和理由的研究中可能得出的教训。他们只能掌握法律限定他们了解的案件的一部分，对于以后的发展，即他们自己工作的结果，大多数情况下了解得比辩护律师少，因为律师按照规定是和被告一直到最后都保持着联系的。也就是说，在这方面，他们可以从辩护律师那里得到某些有价值的情况。

假如 K 亲眼看到官员们在当事人面前勃然大怒、态度蛮横的情形——每个人都有这样的经验——也许更惊讶了。所有的官员都很容易发火，即便他们看起来平静。当然小律师在这种情况下特别倒霉。比如据说有一个似乎很真实的故事。一个老法官，一位善良、不爱说话的老先生，接手了一件棘手的案子，由于律师的几份申诉使案件更复杂了，他日以继夜不停地研究——事实上这些官员比其他任何人都更勤奋。在二十四小时可能不是很有收获的工作之后，快到清晨时，他向门口走去，埋伏在那里，把每一个想进来的律师从楼梯扔下去。律师们聚集在楼下，商量该怎么办。一方面他们无权真的要求进去，所以无法采取什么反抗官员的合法措施，而且他们还必须小心行事，别让官员们反对自己。但是另一方面他们不在法院一天，对于他们来说就意味着失去一天时间，所以他们急于进去。最后大家达成一致，想办法让老先生疲劳。总有一个律师被派出，跑上楼梯，然后当然是做出尽可能消极的抵抗姿态后，被扔下楼，他的同事在楼下接着他。这样持续了一个钟头，经过一夜的工作已经筋疲力尽的老先生真的疲倦了，回到他的办公室。下边的人一开始还根本不相信，先是派出一人在门后查看，那里是不是真的空了。然后他们才开始进去，多半还不敢抱怨。因为这些律师——

哪怕是最不起眼的小律师也丝毫不敢忽视这类关系——想要提出或实行什么法庭改革方案，是完全办不到的，而很有代表性的是，几乎每一个被告，甚至头脑简单的被告，刚一开始就先想着提改革建议，并为此投入时间和精力，其实这些时间和精力本来可以用到别的地方。唯一正确的是接受现状。即便是有可能局部改善——但那是荒唐的想法——即便在最好的情况下对未来的案件发展有点帮助，可是因此会给自己带来不可估量的伤害，激起一直有报复欲的官员们的特别注意。最好别引人注意吧！老实待着吧，即便觉得违背自己的心愿！学会看出，这个庞大的司法机构永远处于某种动态平衡中，如果一个人在他的位置上改变点什么，他就会失去立足点，自己跌倒，而庞大的机构对于小的干扰很容易在另外的地方——这一切确实相互关联——找到替代品，保持平衡不变，虽然它很有可能不是更牢固、更谨慎、更严厉、更凶恶。应该放手让律师工作，而不是干扰他们。指责没有多大用处，特别是如果对他的事情的全部意义不能弄清楚时，但是必须说清楚，K 在法院办公室主任面前的态度对他案子有多少损害。这位有影响的人物的名字几乎已经从能够为 K 办事的人的名单上画掉了。甚至提到的有关 K 的案子的情况他也有意不听。在某些时候官员像孩子。他们常常被毫无恶意地伤害——K 的态度自然不在此之列——使得他们不再理睬好朋友，假如遇见时，也转身离开，而且非常可能和朋友对着干。

但是后来没有什么特殊原因，通过一个小小的玩笑他们又令人惊喜地大笑起来，人们所以敢于开这样的玩笑，是因为觉得似乎一切都没有希望了，而如今却和解了。正因为如此，和他们打交道，既容易又困难，几乎没有基本规律可循。奇怪的是有时候一个平庸的人也能掌握如此多的情况，使得案子有些进展。当然也有不顺的时刻，就像每个人都有的，你以为得不到任何成果了，在那里好像只有开始就断定有好的结果的案件才有好的结局，不用帮忙就行，其他的案子都输了，尽管你跑前跑后，费了好大劲，取得了表面上可以看见的、为此也很高兴的小成果。然后你自然就对什么都没把握了，对于这样一些指责绝不敢否认，即某些本来看好的案子，只是由于你的插手走了弯路。这也是一种自信，但这是后来只留下唯一的一点。这样的偶然事件——当然只是偶然，别的倒没有什么——却是律师特别要面对的，如果他们尽了足够的努力，而且进行得满意的案子突然被拿走的话，这大概是律师最害怕可能出现的情况。并不是被告把案子从他们手中撤走，多半绝不会出现这样的事，一个被告，一旦聘请了某一个律师，不管有什么情况，总是会一直在这个律师这儿。他既然需要人帮助，一般来说他又怎么可能单干呢？也就是说，不会这样，但是也许有时候会发生这种情况，案子朝着某一个方向进展，不再允许律师插手。诉讼、被告、一切的一切，律师干脆就管不着了；然后与官员的密切关系也帮不上忙了，因为他们自己也毫无所知。诉讼恰恰进入不再允许外力介入的一个阶段，案子由外人进不去的法庭审理，律师再也不能和被告接触。然后有一天你回到家里，看见你的桌子上你为这个案件费了好大劲，抱着最美好的希望写的全部申诉文件，它们被退回来了，因为不能转到新的诉讼阶段去，都是毫无价值的废纸。这会儿案子还没输，绝对没有，至少没有决定性的理由做这样的推测，你只是不再知道关于案子的情况，也再不会听说什么。然而幸运的是这样的情况仅仅是例外，而且即便K的案子是这种情况，但它离这个阶段还远着呢。也就是说，在这儿还有很多机会，K可以相信，律师可以充分利用这些机会进行工作。就像刚才提到的，申诉书还没有递上去，但是别着急，更重要得多的是和权威官员进行磋商，这点多半已经做了。应该坦率承认，取得了另一种成果。可能暂时先不透露细节好些，那些细节只会对K产生不利影响，使他怀抱希望过于欣喜，或者过于害怕，只说这么多，让个别法官表态很好，并且也很愿意出面，另一些人表态虽然不太热情，但是至少绝不会拒绝帮忙。总的说来这个结果就很令人高兴了，只是你不能指望从中得出什么特别的结论，因为所有的先期谈判开始时都差不多，而继续的发展才能完全显示出这个谈判的价值。不管怎么说，什么都还没有失去，如果虽然如此还成功地把办公室主任争取过来——这已经是通向目标走的一个步骤——然后整个案件就像外科医生说的，一个清理过的伤口，而你大概就可以松一口气，等待下一步进展了。

说这些话和类似的谈话时律师不觉得疲倦。每当K来访时，他都重复这些话。总说有进展，但是从来不告诉他进展如何。总是停留在写第一份申诉状上，却总完不成，在下一次来访时这种情况多半又成为很大的长处，因为最近一段时间对于递交呈文来说十分不利，而对此你不能预见。有时候如果K被谈话弄得完全疲惫不堪，发觉即便考虑到所有的困难，进展也太慢了，得到的回答是，前进得根本不慢，但是如果K及时向律师请教，也许进展得就会快多了。遗憾的是他错过了机会，这种耽误也将带来更长远的后果，不仅是暂时的。

唯一做好事打断这种谈话的是莱妮，她总是会在K在场时进来给律师送茶。然后她站在K的身后，假装注意看律师怎么样以一种贪婪的样子在茶壶上方弯下身子，倒茶，喝茶，同时她让K悄悄握住自己的手。周围一片寂静。律师喝茶，K捏着莱妮的手，而莱妮有时候还敢于轻轻地抚摸K的头发。

“你还在这儿？”律师喝完了茶之后问道。

“我想把茶具拿走。”莱妮说，最后还使劲握了一下K的手，律师抹抹嘴，又开始以新的力气劝说K。

律师想达到的是使他得到安慰还是绝望？K不知道，但是他大概很快就断定，他的辩护没找对人。律师讲到的一切也可能是对的，即便他尽可能突出自己，然而照他看来，还从没有接过像K的案子这么大的案子。但是一再强调和官员的私人关系总是使人起疑。难道他的这些关系仅仅是用在K的案子上吗？律师从来不忘记说明，现在只涉及下层官员，也就是说，这些官员处于听命于他人的地位，案子的某种转折对于他们的升迁可能有作用。也许他们可能会利用律师，使案子发生这样总是不利于被告的转折吗？也许他们不是在每件案子中都这么干，肯定不是，这不可能，然后也可能在有的案子进行过程中，他们让律师占点优势，因为他们也必须考虑到让律师的声誉不受到伤害。假如他们的态度真是如此，那么他们以什么方式介入 K 的诉讼？像律师所说，这个案子非常棘手又重要，而且开始在法庭就引起注意。他们会做什么，不用怀疑。从以下情况已经可以看出端倪，第一份申诉还没有递上去，虽然案子已经拖了好几个月了，按照律师的说法，一切还处于开始阶段，这样说自然是适于麻痹被告，使他无可奈何，然后突然对他宣判，或者至少宣布不利于他的预审结果，案件转到上一级法院审理。

K 必须亲自出马。正是在十分疲倦的状态下，就像这个冬天上午，所有的事都不由自主地在脑子里出现，这个念头不容拒绝。以前对案子的轻视不存在了。假如他单独一人在世界上，那他可能很容易轻视诉讼，当然如果那样肯定案子也不会发生。但是现在叔叔已经把他拉到律师那里了，家族的因素也参与进来；他的态度不再是与案子的进展完全无关，他自己不小心，带着一种说不清的满足感在熟人面前提起过这件案子，另一些人不知怎么也得知此事，和毕斯特纳小姐的关系似乎随着案子的进展而变化——一句话，他就再无法选择接受或是拒绝，他就在案件中，而且必须保护自己。他感到疲倦，这可糟了。

暂时自然还没有理由过分担心。他曾经在不长的一段时间内爬到银行里他现在的高级位置上，并得到大家的承认，保持住了他的地位，现在他只需要这种能力，使他能够稍微关注一下案子，而且毫无疑问，必然有好的结果。首先如果要达到这个目标，必须事先否定任何他可能有罪的想法。他没有罪。诉讼只不过是一笔大生意，就像他经常为银行赚得利润的买卖一样，通常在这种交易中潜伏着各种正是必须排除的危险。为了这个目标，他当然不能想到有什么罪，而是尽可能想到自己的长处。从这一点出发，尽快、最好就在今晚撤回律师的代理权，是不可避免的。虽然按照律师讲述的，这有点闻所未闻，而且可能对他很有侮辱的意思，但是K不能容忍在诉讼中自己的努力遇到也许是他自己的律师制造的障碍。但是一旦离开了律师，那么申诉书必须立刻递上去，而且尽可能每天去催促法官重视申诉书。为了达到这个目的，K每天像其他人一样在过道坐着，把帽子放在凳子底下自然就不够了。他自己或者让女人们，或是别的听差就得天天往官员那儿跑，逼着他们不是透过栅栏往过道看，而是坐到桌子旁，研究K的申诉。不能放弃这些努力，一切都应该组织好，并且受到监督，法院本该碰到一个懂得维护自己权利的被告。

但是即便K敢于把这一切付诸实施，撰写申诉书的困难也是很大的。先前，大约一周之前，他可能只是不好意思地想到，他有一天也许需要自己写这么一个申诉，这会这么难，他可根本没想到。他回忆起，有一天上午，他正忙于工作时，怎么样突然把所有东西都推到一边，把笔记本挪到前边，试图草拟这样一份申诉书的提纲，提供给行动迟缓的律师，而正在这一刹那，经理房间的门开了，副经理怎样大笑着走进来。当时K觉得十分尴尬，尽管副经理自然不是笑话申诉书，关于申诉的事他一点不知道，他是因为一则刚听来的交易所笑话而笑，要理解这则笑话得看一幅画，于是副经理的身子俯在K的桌子上方，从K的手中拿过铅笔来，在笔记本上画，那个本刚才是用来准备写申诉提纲的。

今天K一点也不再感到羞愧了，申诉书必须得写。如果他在办公室没时间写，这很有可能，那他就得回家在夜里写。可能夜晚还是不够，那么他就必须请假。只是不能半途而废，那样不仅在做生意时，而且在任何场合总是最愚蠢的。申诉自然意味着无休止的工作。人们不一定性格胆怯，但是很容易相信，申诉书在任何时候都完不成。不是由于懒惰或仅仅可能阻碍律师完成任务的阴谋诡计，而是因为K不知道目前控告他的内容，以及由此连带引起的其他指控，他不得不回忆整个一生，哪怕最细小的行为和事件也得说清楚，从各个角度仔细检查。这样烦琐的工作多么可悲啊。它也许适合于退休后变得像小孩的人来做，可以帮助他们消磨时间。但是现在，K还需要全副精力工作，因为他处于上升阶段，已经对副经理意味着一种威胁的时候，每小时都过得非常快，而且作为年轻人，他想要享受短暂的夜晚，现在他却应该开始写这份申诉。他又想到了起诉。只是为了有个结束，他几乎是不由自主地用手指摸索那个连到外屋的电铃按钮。当他按下去时，他抬头看了看钟。十一点，两小时，他浪费了宝贵的时间，自然比先前更疲倦了。不管怎么说，时间没有失去，他做出了可能十分宝贵的决定。听差除了各种邮件外还是给他送来了两位先生的名片，他们已经等了K好久了。这正是银行很重要的顾客，本来是绝不应该让他们等的。为什么他们来得这么不是时候，为什么辛勤的K会把最好的业务时间用于处理私人的事情呢？在关着的门背后先生们好像已经这样发问了。K已经因为过去的事感到烦恼，还得等待未来要发生的一切，K疲惫不堪地站起身来，接待第一位顾客。

这是一个活跃的小个子，K认识的一个工厂主。他很遗憾，打扰了K的重要工作，K也从自己这方面表示抱歉，让他等了这么长时间。但是K的歉意是以一种机械刻板的语调说出来的，重音几乎都说错了，假如工厂主不是一心想着他的生意的话，他会发觉的。然而他没有察觉，而是匆忙从几个口袋里拿出来写着数字和统计表格的文件，摊在K的面前给他看，解释各种款项，纠正他在草草一看时发现的小的计算错误，这时K回忆起大约一年前和他做成的一桩类似的生意，工厂主顺带提到，这次另外一家银行愿意做出更大的牺牲，以争取到这桩生意，最后他不说话了，想听听K的意见。K起初也确实注意听着工厂主的话，思想中也想到这桩重要的生意，只是很可惜没有保持多久，很快他就心不在焉了，后来还有一会儿随着工厂主大声的讲话频频点头，但是最后也不点头了，只是盯着趴在纸上的工厂主的秃头看，同时心中自问，什么时候工厂主才能最终明白，他的全部谈话都毫无用处。当他现在停住嘴不说话时，K先是真的以为，所以这样是为了给他机会，承认他没有能力倾听，但是他却从对于一切答复都有所准备的工厂主的专注的目光中遗憾地发觉，关于生意的谈话还必须继续下去。于是他像是听到命令那样低下头，开始用铅笔慢慢地在纸上来回移动，偶尔也停住笔，凝视着某个数字。工厂主猜测K有什么疑义，也许数字不准确，也许不是关键的数字，不管怎么说，工厂主用手把纸遮住，自己挪到离K很近的地方，开始重新对这桩生意做一般的介绍。“这很难成交。”K抿着嘴唇说。因为他唯一可以抓住的纸张被盖住，不能看，于是他无精打采地靠着椅子扶手坐下。当经理室的门打开时，他甚至只是稍稍抬眼看了一下，那儿看得不太清楚，副经理好像出现在一层纱的后边。K没有继续想下去，而是只关注使他非常高兴的直接效果。因为工厂主立即从椅子上蹦起来，赶忙向着副经理走去，但是K本来应该让他的行动再快上十倍，因为他怕副经理马上又走了。没有必要的担心。两位先生碰到一起，相互握手，一块朝K的办公桌走过来。工厂主用手指着K抱怨，襄理对于他的生意没有足够的热情，K此刻在副经理的目光下，又低下头，俯身到桌子上。后来当两个先生倚在他的桌子旁，工厂主想方设法争取副经理支持自己时，K觉得，仿佛在他的头顶上，两个无比巨大的男人就他的事在磋商。

他试着慢慢小心地抬眼朝上看，想知道发生了什么事。他没有朝写字台看一眼，就从桌面上随手拿起其中的一张纸，平放在手掌上，慢慢举起，同时自己也随之站直身子。此刻他没有什么确定的想法，而是觉得，如果他写完第一份应该证明他完全无罪的长篇申诉的话，必须这样做。副经理完全专心地在谈话，只草草瞄了一眼那张纸，根本没看那儿写的什么，因为对于襄理重要的东西，对他不重要，他从K手中拿过来那张纸，说：“谢谢，我已经知道了。”说完又把它平静地放到桌子上。K 在旁边痛苦地看着他。而副经理根本没发觉，或者假如他发觉了，只是因此变得高兴起来，不时大声笑出声来，甚至用一个敏捷而俏皮的回答使工厂主十分尴尬，但是马上又把他从尴尬的境地拉出来，因为他想出一个借口，邀请工厂主最后到他自己的办公室去，把事情最后谈完。“这是一个非常重要的事情，”他对工厂主说，“我看得很清楚。而至于襄理先生”——甚至说这话时，他实际上也是对工厂主说的——“如果我们从他手中接过来，他肯定会愿意的。这件生意需要冷静地思考。但是他今天好像太忙了，还有一些人在前厅等了他好几小时了。”K 正好还有足够的克制力，从副经理身边转过身，把友好但僵硬的微笑转向工厂主，此外他不再掺和，用两只手撑在桌子上，稍稍弯下身子，像一个在台子后边的职员，看着两位先生怎样一边谈话、一边把文件从桌子上拿起来，消失在经理的办公室。在门旁，工厂主又一次转过身来说，他不是告别，商谈的结果当然会告诉襄理，而且他还有另外一个小消息要告诉 K。

终于只剩下 K 一个人了。他根本不想再让其他客户进来。只是模模糊糊地意识到，外面等着的那些人以为他还在和工厂主磋商，由于这个缘故谁也不进来，甚至底下的办事员也不到他这儿来，这多舒服啊。他走到窗子跟前，坐在窗台上，手紧紧抓住把手，眺望外面的广场。雪还一直在下，天还根本没放晴。

他这么坐了很久，不知道自己究竟担心什么，只是有点害怕，时时转过头去看前厅的门，他错误地以为听到那里有声音。但是因为没有人进来，他放心了一点，走到盥洗台前，用冷水洗脸，头脑清醒地回到窗前。自己为自己辩护的决定，如今他觉得比当初他估计的分量更重了。在他将辩护委托给律师的过程中，案子的审理基本上还和他无关，他从远处观察，而且几乎不会直接接触，他可以查看他想看的他的案件情况，而且如果他想的话，也可以再把头缩回来。现在相反，如果他自己进行辩护，他必须至少暂时自己面对法庭，其后果自然应当是将来完全彻底的解放，但是为了达到这一目标，他必须无论如何暂时处于比迄今为止更大的危险中。假如他想对此有怀疑的话，那么今天副经理和工厂主在一起就足能从反面说服他。他能就这样呆坐在那里，只是一心想着为自己辩护的事吗？但是以后会怎么样？他将面临的是什么样的日子？他会找到一条顺利通过，达到好的结局的路吗？一个小心翼翼地辩护——其他一切都毫无意义——不是意味着同时必须尽可能排除其他一切吗？他能够顺利地挺住吗？他的辩护能够在银行工作期间成功地进行吗？问题不仅在于写申诉，为这事请假也许就够了，虽然正好现在请假可能是很大的冒险，还在于涉及整个审理，这个过程延续的时间无法预见。突然出现在K的晋升路上的一个什么样的障碍物啊！

现在他应该为银行工作吗？——他朝桌子上看看——现在他应该让客户进来，和他们商谈吗？当他的诉讼继续进行，法官们在阁楼上坐着看那些诉讼文件的时候，他应该操心银行的业务吗？这看起来不是像为法院承认，和他的诉讼连在一起，伴随着他的一种刑罚吗？而在银行里人们比如在评价他的工作时，会顾及他的特殊处境吗？绝对不会有人顾及的，永远不会。他的案子不是完全没人知道，尽管还不清楚谁知道，知道多少。但愿谣传还没到副经理那里，否则必然已经看到，他怎样不顾任何同事情谊和人情利用此事攻击K了。那么经理呢？当然他对K很好，只要他得知案子的情形，他可能想尽其可能减轻K的工作负担，但是这肯定办不到，因为他现在越来越处于副经理影响之下，K迄今为止建立的抗衡力量开始减弱，此外副经理还利用经理生病的机会加强自己的权力。那么K还能希望什么呢？也许通过这样的思考，他的反抗力量会减弱，但是不欺骗自己，而且弄清楚，目前什么是可行的，也确实是必要的。

没有什么特别的原因，只是为了暂时不必再走回到写字台前，他打开窗户。窗户很难打开，他不得不用两只手扭动把手。然后大股混合着烟的雾气从窗户飘进来，还带有点煤烟味，充满了房间。还有几片雪花也飘进来了。“讨厌的秋天。”工厂主在K身后说，他从副经理那儿来，不声不响地进了房间。K点点头，不安地望着工厂主的公文包，现在他可能从这里抽出文件，通报和副经理谈判的结果。但是工厂主追随着K的目光，敲敲他的公文包，没有打开，说：“您想知道结果如何？不好不坏。我几乎已经把这笔生意的协议书装进公文包里了。一个可爱的人，您的副经理，但是完全不是一个好对付的人。”他大笑着握住K的手，想把K也带笑了。可是K似乎觉得又可疑了，工厂主不想让他看文件，而且他从工厂主的说明中也没发现有什么可笑的。

“襄理先生，”工厂主说，“您大约在这样的天气中感觉不舒服。今天您看起来这么心情沉重。”

“是的，”K说，他用手按住太阳穴，“头疼，为家事担忧。”

“对极了，”工厂主说，他是一个急性子，不能安静地听人把话说完，“每个人都有一本难念的经。”K不由自主地朝门那儿走了几步，仿佛要陪工厂主出去似的，但是这个人说：“我本来还有一个小消息告诉襄理先生。我很怕，今天也许这事会增加您的负担，但是我前不久两次在您这儿都忘了说。如果我再往后推，可能就完全没有意义了。然而十分遗憾，因为从根本上说也许我的消息的确不是没有价值的。”还没等K回答，工厂主就向他走近，用手指的骨节轻轻敲打他的胸膛，同时小声说：“您摊上一个案子，是不是？”

K退后，立即喊叫起来：“副经理告诉您的？”

“哦，不是，”工厂主说，“那个副经理能够从哪儿知道呢？”

“那您怎么知道的呢？”K问，这会儿已经镇静多了。

“我偶尔从法院听到一些情况，”工厂主说，“这正是我想告诉您的消息。”

“那么多人和法院有联系！”K低下头说，把工厂主领到写字台旁。他们又像先前那样坐下，工厂主说：“很遗憾我能告诉您的消息不多。但是在这种情况下热门话题不应该忽略最小的消息。此外我也很想帮您的忙，虽然我帮不了多大忙。我们迄今为止确实是生意上的好朋友，不是吗？既然如此，那我就应该这样做。”K想为他今天在谈话时的态度道歉，但是工厂主不容忍别人打断他的话，把公文包紧紧夹在腋下，表明他急着要走，接着说道：“我是从某一个蒂托雷里那里得知的。那是一个画家，蒂托雷里只是他的艺名，他真实的名字我根本不知道。多年来他经常到我的办公室来，带来一些小画，为这些画，我总是给他施舍，他几乎像是个乞丐。再说是些漂亮的画，荒野和类似的风景。这种买卖——我们俩已经对此习惯了——进行得很顺利。但是有一阵，这种拜访太频繁了，我说了他，我们一起谈话，我感兴趣的是，他仅靠画画怎么能够维持生活，这时我惊讶地得知，他的收入主要来源是画肖像。他为法院工作，他说的。我问，为什么样的法院。于是他给我讲述法院的情况。您大概完全可以想象，他的讲述使我多么吃惊。自此以后他每次来，我都听到一些法院的新闻，渐渐地我对事情有了某种了解。当然蒂托雷里爱瞎扯，我不得不常常拒绝他，不仅是因为他肯定撒谎，而且主要是像我这样的一个生意人自己就忙得不可开交，不可能再多关心别的事。这只不过是顺带说说而已。也许——我现在这样想——蒂托雷里可能给您一点帮助，他认识许多法官，即便他自己没有那么大影响，那他却可以给您提一些建议，怎么能够接近各种各样有影响的人。而如果这些建议本身不是关键性的，我觉得，有它对于您也很有意义。您几乎就是一个律师。我一向习惯说：襄理K差不多是个律师。啊，我并不为您的案子担心。但是您想去蒂托雷里那儿吗？有我的推荐，他肯定会尽他的可能做一切事情。我真的觉得，您应该到他那儿去一趟。自然不必今天就去，有机会去一次吧。当然——我还想说——您并不因为正好是我给您提的建议，因此一定得去蒂托雷里那儿。不，如果您认为可以不用蒂托雷里，那当然把他完全放到一边更好。也许您已经有了一个详细的计划，蒂托雷里有可能干扰您的计划。假如是这样，那您自然无论如何不用去了。当然不用这个年轻人出主意有点遗憾。那么您想怎么办就怎么办吧。这是我的介绍信，这是地址。”

K 失望地拿起信，放到包里。甚至在最有利的情况下，这个推荐可能给他带来的好处也比造成的损害相对小点，伤害在于工厂主知道他的案子，画家继续散布这个消息。他几乎来不及说几句感谢的话，工厂主已经走在通往门口的路上了。

“我会去，”他和工厂主在门口告别时说，“或者给他写信，因为我现在很忙，让他到我的办公室来一次。”

“我知道了，”工厂主说，“您将找到最好的出路。不管怎么说，我想，您最好避免邀请像蒂托雷里这样的人到银行来，在这儿和他谈案子的事。另外给这种人写信也不大合适。但是您一定一切都经过深思熟虑，知道什么您可以做。”

K 点头，并且还陪工厂主一直穿过前厅。他虽然外表镇静，但是内心却吃了一惊。他只是随口说，他将给蒂托雷里写信，为了让工厂主看到，他重视这个介绍，考虑立即和蒂托雷里见面的可能性，但是假如他真的认为蒂托雷里的帮忙很有价值，那么也会毫不迟疑地给他写信，而此事可能带来的危险后果，直到工厂主指出来，他才认识到。他自己的理智已经这么不可信了吗？如果有这种可能，他通过一封明确的信，把一个可疑的人请到银行来，为了在和副经理只隔着一扇门的情况下为自己的案子向那人讨主意，那么不是很可能，甚至非常可能出现这种情况，即他也忽略了其他危险或者已经陷入危险的境地吗？不是总有人在他旁边提醒他。正好是现在，应该集中精力的时候，却出现了他以前从没有过的对自己的警觉性的怀疑。他在办公室工作中遇到的困难在案子里也开始了吗？现在他无论如何也不明白，刚才怎么可能那样，他想给蒂托雷里写信，邀请他到办公室来。

他还想着这事，不住地摇头，这时差役走到他身旁，让他注意在前厅一条凳子上坐着的三位先生。他们等着见 K，已经等了好久。现在看到差役和 K 说话，他们站起来，每个人都想利用一个有利时机比别人先得到 K 的接见。因为银行方面的人这么肆无忌惮，让他们在接待室浪费他们的时间，他们也不想再顾及什么礼节了。“襄理先生……”其中一个人已经开口说话。但是 K 让仆人去拿大衣了，在仆人帮助他穿上大衣时，他对这三个人说：“对不起，先生们，此刻很遗憾，我没有时间接待你们。我恳切地请求原谅，但是我有一件紧急的业务需要处理，必须马上离开。你们自己也看到了，我在这儿被耽搁了多长时间。你们能不能明天或者以后什么时候再来？或者我们要不要通过电话商谈？或者也许现在你们对我简要说说，是什么事，然后我给你们一个详细的书面回复。当然，最好你们下次再来。”K 的建议让白白等了半天的先生们目瞪口呆，面面相觑，说不出话来。“这么说我们达成一致了？”K问，他说着向仆人转过身去，仆人正给他把帽子也取来了。透过K的房间打开的门可以看见外面的雪下得更大了。因此K竖起大衣的领子，把扣子一直扣到脖子下。

这时副经理从旁边的房间走出来，微笑地看着穿着大衣的K和先生们交谈，并且问道：“您现在离开吗，襄理先生？”

“是的，”K说着直起身子，“我有一件业务手续要办。”但是副经理已经转向三位顾客。

“那几位先生呢？”他问，“我相信，他们已经等了很久了。”

“我们达成协议了。”K说。但是此刻三位先生不再保持沉默，而是围住K，解释说，假如他们的事情不重要，不是必须现在私下里详谈的话，他们会等几小时的。副经理听了一会儿他们说的话，也观察着K，K手中拿着帽子，不时掸掸这儿、那儿的灰，然后副经理说：“先生们，有一个很简单的办法。如果你们同意的话，我很愿意代替襄理先生和你们谈判。你们的事情自然肯定马上就办理。我们和你们一样，都是生意人，知道生意人的时间之宝贵。你们愿意进到这儿来吗？”他打开通往他的办公室外屋的门。

副经理多么想把K不得不放弃的领地据为己有啊！但是K是不是必须得放弃呢？当他怀着不确定的，而且他必须承认，十分微弱的希望跑去找那个陌生的画家时，他在银行里的威望受到无可挽回的伤害。也许那样好得多，重新脱下大衣，至少把大概还在隔壁等着的两位先生争取到自己这方来。假如K现在没有在他的房间里看见，副经理怎样在文件堆里乱翻，像是那些东西是他自己的一样，他也许还可能试着这样做。当K激动地朝门那里走时，副经理喊道：“噢，您还是没走。”他把脸转向K，满脸的皱纹好像不是证明他的年龄，而是力量的象征，他立刻又接着翻。“我找一份协议书，”他说，“公司的代表说，应该在您这里。您不想帮我找吗？”K向前走了一步，但是副经理说：“谢谢，我已经找到了。”说着拿着一个大文件夹，里边不只有协议书，而且肯定还有好多其他文件，回到他的房间里。

“现在我不能与他匹敌，”K对自己说，“但是如果我个人的困难有一天克服了，那他大概就是第一个有他好受的了，而且很可能有他的苦头吃。”这么想了之后，他觉得得到了一点安慰，委托已经为他打开通向走廊的门好久的仆人找机会通报副经理，说他去处理一件业务，然后几乎是很高兴地离开银行，因为他可以在一段时间里完全专心办自己的事情。

他立刻乘车去画家那里，画家住在和法院办公室完全相反方向的另一个郊区。那是一个更穷得多的地方；房子更破旧，小巷里满是污泥，在融化的雪地上慢慢流淌。在画家住的房子里大门只开了一扇，另外一边下面的砖石上有一个缺口，当K走近时，正好有一股令人恶心的发臭的黄水滋出来，一只老鼠随着水蹿出来，逃到水沟里。楼梯上一个小孩趴在地上哭，但是因为从大门口的另一边的一家白铁工厂传来盖过一切的声响，几乎没人听见他的哭声。工厂的门开着，三个伙计围着一个工作台站成半圆形，用锤子在上面使劲敲打。一块大白铁皮挂在墙上，发出一束惨白的光，照亮了两个伙计中间的那块地方，照亮了他们的脸和围裙。K对一切只匆匆看了一眼，他想尽快结束这儿的一切，只向画家打听几句，就立即回银行。如果他在这里哪怕只有最小的成果，对他今天在银行的工作也应该有好的作用。上到第四层他不得不放慢脚步，他完全喘不过气来了，楼梯和房子的层数同样出奇的高，画家应该住在最高的一间阁楼里。空气也很闷，没有通风口，很窄的楼梯两边被墙包围着，里边只有最高处的某些地方开了小窗户。

当K停住一会儿的时候，从一套房间里跑出来几个小姑娘，嘻嘻哈哈笑着继续往上跑。K慢慢跟在她们后面，赶上了其中一个小姑娘，她大概是绊了一下，落在其他两人后边。他和小姑娘并排上楼梯时，他问："这儿住着一个画家蒂托雷里吗？"

小姑娘用胳膊肘捅了K一下，侧过头瞧着K。她有点驼背，看上去不满十三岁，她的年轻和身体的残疾都没能妨碍她已经变得完全堕落了。她没有微笑，而是认真地用锐利而大胆的目光打量K。

K装作没发觉她的态度，问道："你认识画家蒂托雷里吗？"

她点点头，从她那方面反问："您找他有什么事？"

K觉得这是一个机会，多了解一些关于蒂托雷里的事："我想让他给我画像。"他说。

"让他画像？"她问，嘴张得很大，用手轻轻拍了K一下，好像K说了什么特别令人吃惊或者愚蠢的话似的，她两手撩起本来已经很短的裙子，跟在其他姑娘后边尽可能快地飞跑，她们的喧闹声在高处已经渐渐听不清楚了。但是在楼梯的下一个转弯处K又遇见了这些姑娘。她们显然已经从驼背那里知道了K的意图，在这里等着他。她们用手抚平她们的围裙，站在楼梯两旁，紧靠着墙，好让K能够顺利地通过。她们的脸和这种夹道欢迎的队列是幼稚天真和淫荡的混合物。现在姑娘们跟在K身后站在一起哈哈大笑，领头的是那个驼背姑娘。多亏了她K才立刻找对了路。他本来要一直朝上走，但是她指给他，要去蒂托雷里那儿，必须上旁边拐弯处的楼梯。他觉得那个楼梯特别窄，很长，一眼望去，看不见拐弯，一直上去通到蒂托雷里的房门。门和楼梯其他地方相比比较明亮，因为上面斜着开了一扇小窗户，门是用没有油漆过的木料做的，上面有用蘸了红颜料的粗笔写的蒂托雷里的名字。几乎还没等K和几个姑娘走到楼梯中间，上面的门就开了一条缝，显然是因为听到了许多脚步声，门缝里出现了一个可能是穿着睡衣的男子。“啊！”他看到这群人，喊了一声就不见了。驼背兴奋地鼓掌，其他姑娘在K身后使劲挤，要把他更快地往前推。

但是还是没等他们爬到楼梯顶端，画家在上面已经把门完全敞开了，而且深鞠一躬，邀请K进去。相反他拒绝姑娘们，不想让其中任何一个进去，不管她们怎么请求，怎么试图没有他的允许，也不顾他的意愿挤进去。只有驼背姑娘成功地从他张开的胳膊底下溜进去，但是画家在她后边追，抓住她的裙子，把她抡起来，然后在门口其他姑娘那里把她放下来，那些姑娘在画家离开他的岗位时，确实也没敢迈进门槛。K不知道，他应该如何评价这整个事情，也就是说，他有一个印象，仿佛一切都是在友好和睦的气氛中发生的。当驼背在画家手中几乎飞起来时，在门口的姑娘争先恐后地伸长脖子，对着画家叫嚷各种开玩笑的话，画家也笑起来。后来他关上门，又一次在K面前鞠躬，把手伸给他，自我介绍说："绘画艺术家蒂托雷里。"

这时姑娘们还在门背后咬耳朵，K指指门说："在这幢房子里您好像挺受欢迎。"

"噢，那帮野丫头！"画家一边说，一边打算把睡衣的扣子一直扣到脖子下，可是怎么也扣不上。此外他光着脚，只穿了一条肥大的黄色亚麻裤子，用一根腰带系着，腰带的一头不停地摇晃着。"这些野丫头真是我的麻烦。"他继续说，同时因为睡衣最后的一个扣子正好掉了，他不再管它了，而是搬过来一把椅子，一定让K坐下。"我曾经给她们中的一个——她今天没在场——画过像，从那以后她们总追着我。假如我在家，她们只有在我允许的情况下才能进来，假如我有一天出去了，那么至少有一个人在这儿。她们配了一把我的房门钥匙，相互借着用。您几乎不能想象有多麻烦。比如我带一位要画像的女士回家，用我的钥匙打开门，突然发现那个驼背姑娘坐在小桌旁，正在用毛笔把嘴唇涂红，而她负责照看的小妹妹在屋里到处乱跑，把每个角落都弄得一塌糊涂，脏乱不堪。或者就像昨天，我晚上回家——请原谅，我这个样子而且房间里乱糟糟的——我回来得很晚，想上床睡觉，这时有什么东西捏了我的腿一下，我往床底下一看，又拉出来这样一个小东西。为什么她们这么纠缠我，我也不知道，您可能看出来了，我并没有把她们引到我这儿来。当然我的工作也因此受到干扰。假如不是这间画室无偿供我使用，我早就搬家了。”

正在这时候门后传来声音，温柔又有点胆怯：“蒂托雷里，能让我们进来吗？”

“不能。”画家回答。

“我自己也不行吗？”那声音又问。

“也不行。”画家说，走到门口，把门锁上。

在这会儿工夫K在房间里四处打量，他本来绝对不会想到，有人能把这么简陋、狭小的屋子叫作画室。长和宽几乎都没有两大步。一切，地板、墙和墙角都是木头的，在白茬木头中间可以看到窄缝。K对面靠墙处摆着床，上面堆着各种颜色的被盖。屋子中央一个画架上有一幅画，用一件衬衫包着，衬衫的袖子一直垂到地板上。K的身后是窗户，透过窗户，在雾中看不太远，只看到毗邻的房子被雪覆盖的屋顶。

钥匙在钥匙孔中的转动提醒K想起，他想很快就离开。于是他从袋子里抽出工厂主的信，递给画家，说：“我是通过这位先生知道您的。他是您的熟人，建议我来找您。”画家匆匆把信读了一遍，扔到床上。假如工厂主不是说起蒂托雷里肯定是他的熟人，而且接受过他的施舍的话，那么现在人们真的会以为，蒂托雷里不认识工厂主，或者至少想不起来他了。反正画家现在问：“您想买画还是想给自己画像？”

K惊讶地望着画家。那信里究竟写了什么呀？K本以为不言而喻，工厂主在信中告诉了画家，K没有别的要求，只是到这儿来打听他的案子。他确实走得太急，想都没想就跑来了！但是他必须给画家一个什么样的回答，眼睛看着画架上的画说："您正在画这幅画？"

"是的，"画家说，把蒙在画架上的衬衫扯下来，扔到床上，扔在信的旁边，"这是一幅人物肖像。一件好工作，但是还没有完成。"K觉得突然很走运，使他有了正式谈起法院的可能性，因为很显然，这是一个法官的肖像。此外它和律师办公室里的画像惊人地相似。这儿虽然画的完全是另一个法官，一个胖男子，长着乌黑浓密的络腮胡子，那幅画是油画，但是这一幅是色彩淡而柔和的水粉画。但是其余一切都很相似。因为在这里法官也正好从他紧紧抓住扶手的圈手椅中气势汹汹地往起站。

"这是一个法官呀。"K想马上说出来，但是又住了嘴，走到画跟前，似乎要把细部仔细研究一番。他不明白，在椅子的靠背中央站着的那个高大的人物形象是谁，就向画家询问。

"还没画完，还得加加工。"画家回答，他从小桌上取来一支画笔，用笔在人物轮廓上涂了几笔，可是并没有因此让K看得更清楚。"这是正义女神。"画家终于说。

"现在我认出她来了，"K说，"这儿是蒙在眼睛上的布，这儿是天平。但是她的脚后跟不是长了翅膀，并且在空中飞行吗？"

"对，"画家说，"我必须按照规定的任务画，她实际是正义女神和胜利女神合二为一。”

“这不是好的结合，”K微笑着说，“正义女神必须安静，否则天平就摇晃，不可能做出公正判决。”

“在这里我服从我的委托人。”画家说。

“那当然啦，”K说，他不想以他的看法得罪任何人，“您把女神画得好像真的站在高背椅上。”

“不，”画家说，“我既没看见过女神也没见过高背椅，一切都是想象出来的，但是我得到指示，必须画什么。”

“怎么？”K问，他有意这么说，好像他不完全理解似的，“这难道不是一个坐在法官席上的审判官吗？”

“是的，”画家说，“但是这不是一个高级法官，他从来没有在这样的高背椅上坐过。”

“可是让你画成这样威严的气势，是吗？他坐在那里真像一个总统。”

“是的，这些先生都很虚荣。”画家说，“但是他们得到更高一级的许可这样画，每个人都规定好，能够怎么样画。遗憾的是从这幅画中无法评价服装和座椅的细部，因为水粉画的颜色不适于表现这些部分。”

“是啊，”K说，“用水粉画的颜色画可是挺特别的。”

“法官希望这样，”画家说，“是为一位夫人订的。”看见画似乎引起了他工作的热情，他挽起袖子，手中拿起几支笔，K专注地看着，随着笔尖轻轻移动，法官脑袋的边上逐渐画出了微微发红的阴影，到画的边缘阴影成为一束束细的线条，越来越淡。渐渐地阴影这样包围着法官的头部，像是一种装饰，或者是地位显赫的象征。但是在正义女神形象的周围还有点太亮，由于色彩浅，人物就显得特别突出，她使人不是想起正义女神或者胜利女神，而是看起来更十分像狩猎女神。画家的工作比 K 想象的更吸引他；可是最后他责备起自己来，他在这儿已经待了这么久，可是基本上还没有为他的案子做任何事情。

“这个法官叫什么名字？”他突然问。

“这我不能说。”画家回答，他把身子趴在画上，明显冷落他起初可是如此小心翼翼接待的客人。

K 觉得画家的态度喜怒无常，他非常生气，因为他为此浪费了时间。“您大概是法院信任的人吧？”他问。

画家立即把笔放到旁边，直起身子，搓着双手，微笑地望着 K。“就把实话说出来吧，”画家说，“您想知道法院的什么事，就像您的介绍信写的，为了争取我的支持，开头先谈我的画。但是我不生气，您可能不知道，这一套在我这儿用不上。请说吧！”当 K 想辩解时，他做了一个断然拒绝的姿态说了这番话。后来他接着说：“一般来说您说的也完全正确，我是受法院信任的人。”他停顿了一下，仿佛想给 K 时间，让他接受这个事实。现在又听见门后姑娘们的声音。她们大概挤着围在钥匙孔边，通过缝隙往房间里面偷看。

K 没有怎么表示歉意，因为他不想转移画家的注意力，但是也许不想让画家太自负，这样一来不好接近，所以他问：“是一个公开承认的位置吗？”

“不是。”画家简短地说，好像不想继续说下去。但是K不想让他沉默，就说：“现在经常是这种不被承认的职位比正式任命的职位更有影响。”

“我的情况正是这样。”画家皱着眉头点头说，“昨天我在和工厂主谈起过您的案子，他问我是否愿意帮助您，我回答：‘那个人可以到我这儿来一趟。’现在我很高兴，这么快就见到您了。您似乎很关心您的案子，这一点我自然根本不奇怪。您也许愿意先脱下来您的大衣吧？”尽管K只打算在这里停留很短的时间，他倒是很欢迎画家的这个请求。他觉得房间里的空气渐渐变得越来越闷了，他不时奇怪地朝屋子角落里的一个毫无疑问没生火的小铁炉子那儿看，房间里的闷热不知从哪儿来的。当他脱下大衣，并且也解开上衣的扣子时，画家抱歉地说：“我有点怕冷，必须暖和点。这儿实际上很舒服，不是吗？从这个角度说，房间挺合适。”

K什么也没说，但是这不是使他觉得舒服的真正的暖和，而更多是使人几乎喘不出气来、压抑的空气，房间大约好久没通风了。画家请他在床上坐下，自己却坐到画架前房间里唯一的一张椅子上，这使K觉得更不舒服了。此外好像画家误会了，K为什么只靠在床沿儿上，他进一步要求K坐得舒服点，当K犹豫时，他就亲自走过去，把K往床和枕头里边使劲按。然后他又回到他的沙发里，终于提出第一个使K忘掉其他一切的实质性问题。

“您无罪吗？”他问。

“是的。”K说。回答这个问题使他很高兴，特别是因为他面对画家个人谈话，不会有任何后果。也就是说，还没有任何人这么坦率地问过他。为了尽情享受这种快乐，他又补充说：“我完全是清白的。”

“噢。”画家说，他低下头，像是在思考。突然他又抬起头说：“假如您是无辜的，那么事情很简单。”

K的目光暗淡下去，这位所谓法院信任的人说起话来像一个幼稚的孩子。“我的无辜并不能使案子简单，”K说，尽管如此他还不得不微笑，慢慢地摇了摇头，“问题在于许多细节，法院在这些地方弄糊涂了。最后他们又不知从哪儿，无中生有地编造出重大的罪状来。”

“是的，是的，肯定是这样，”仿佛K不必要地打乱了他的思路，“但是您的确是清白无辜的？”

“正是如此。”K说。

“这是最根本的。”画家说。他没有受K的回答的影响，只是他虽然说得很坚决，但还不清楚，他这么说是出于相信，还是不把它当回事，只随便说说而已。

K首先想弄清楚这一点，所以说：“您对法院肯定比我了解的多得多，除了当然是从各种不同的人那里听来的关于法院的情况之外，我不知道更多的。但是大家一致认为，不会轻易提出起诉，如果法院一旦起诉谁，肯定相信被告有罪，而这种相信很难去掉。”

“很难吗？”画家问，手向空中一挥，“法庭绝不会改变这种信念的。假如我在这儿把所有法官一个个画在画布上，您在画布面前为自己辩护，您将比在真正的法庭上取得更大的成功。”

“是的。”K 对自己说，忘了他只是来向画家咨询的。

一个姑娘又开始在门后边问：“蒂托雷里，他到底是不是一会儿就离开啊？”

“别出声，”画家冲着门叫嚷，“难道你们没看见，我和这位先生商量事。”

但是姑娘对这个回答不满意，反而问：“你给他画像？”画家没有回答，她又说：“求你别给他画，一个这么难看的人。”接着是一阵七嘴八舌赞同的声音。

画家一个大步跳到门口，把门拉开一道缝——可以看见姑娘们伸出手来，双手合十，苦苦哀求——同时说：“如果你们再不停止，我把你们顺着楼梯扔下去。你们坐在这儿的楼梯上老实待着。”可能她们没有立即服从，画家不得不发令：“在楼梯上坐下！”这以后才安静下来。

“请您原谅。”当画家重新走回到 K 的身边时说。K 几乎没有朝门那边看，他完全让画家自己决定，是否要保护他，及如何保护他。当画家朝他侧过身子，为了不让别人听到，在他耳朵边低声说话时，K 也没动一动。

画家说：“这个姑娘也是属于法院的。”

“怎么？”K 问，把头转向一旁，看着画家。画家却又坐到椅子上，半开玩笑半解释说：“一切都是属于法院的。”“我以前没发觉这一点。”K 简短地说，画家的关于姑娘的一般性的暗示减轻了 K 的不安。尽管如此他还是朝门那儿久久望着，在门背后，现在姑娘们悄无声息地坐在楼梯上。只有一个人把一根稻草从门缝中塞进来，慢慢地上下移动。

“您似乎对法院还是没有一个全面了解。”画家说，他把两腿叉开，伸得很远，脚尖敲着地板，“但是因为您是清白的，您也不必全面了解。我一个人就能把您解脱出来。”

“您想怎么办呢？”K 问，“几分钟前您不是还说，法院对于证明材料完全充耳不闻吗？”

“完全不理会的只是人们拿到法庭上的材料，”画家说着抬起食指，好像 K 没发觉细微的差别似的，“但是从这个角度说，人们在公开的法庭背后搞的幕后活动，情形可就不同了，在咨询处、在走廊或者比如说在这儿，画室里。”画家现在所说的，K 仿佛不再怀疑，它和 K 从其他的人口中听到的非常一致。是啊，这事儿甚至很有希望。如果法官真的通过私人关系这么容易控制，就像律师表述的一样，那么画家和虚荣的法官的关系就格外重要了，无论如何不能低估。然后画家就进入了 K 收拢在自己周围，能够帮助他的人的圈子里，而且是非常合适的一位。在银行里人们曾经称赞他有组织能力。在这里，他完全靠自己的情况下，有了一个检验这种能力的绝好机会。

画家观察他的说明在 K 身上产生的效果，带着某种害怕的神态说：“您不觉得我说话像个法学家吗？不停地和法官打交道，对我很有影响。我当然得到许多好处，但是却丧失了大部分艺术激情。”

“您第一次是怎样和法官联系的？”K问，他想先赢得画家的信任，然后他再让他办事。

“这很简单，”画家说，“我继承了这种关系。我的父亲就是法院画师。那是一个世袭的职位。为此可能不需要新人。也就是说，给各个级别的不同官员画像提出了各种各样、首先是秘密的规则，除了某些家族外，一般来说不为外人知晓的规则。那儿，比如说在我的抽屉里，放着我父亲的画，我从未给人拿出来看过。但是只有熟悉这些画的人才有资格给法官画像。可是即便我把画丢失了，那些规则也只留在我的脑袋里，没有人能够和我竞争这个职位。但是每个法官都画得像最老的大法官那样，只有我知道。”

“这可真值得羡慕，”K说，他想起他在银行里的职位，“这就是说，您的职位是不可动摇的？”

“是的，不可动摇。”画家说着自豪地耸了耸肩，“所以我敢于不时地帮帮某个犯了案的可怜人。”

“而您怎么帮呢？”K问，好像他不是画家刚才提到的可怜人似的。

但是画家不让他把话题扯开，而是说：“您的案子，比如说，因为您完全是无辜的我将采取下列措施。”

一再重复他的无罪使K感到厌烦了。K似乎觉得画家通过这个说明把案子的好的结局当成他帮助的前提，这样一来他的帮助自然也就没有意义了。可是尽管 K 有这个怀疑，他还克制自己不打断画家的话。于是他决定，不放弃画家的帮助，尽管这个帮助比起律师的帮助来，也不是完全不用怀疑的。K 更看重画家的帮助，因为它更和善，更坦诚。

画家把椅子往床边挪近一点，压低声音接着说："我忘了问您，您希望什么样的解脱。有三种可能性，即真正宣告无罪、表面上无罪和延期审理。真正宣告无罪是最好的，只是我对于这种方式的解脱没有一点影响力。照我看，没有一个人可以对宣告无罪施加影响。这儿起决定作用的大概只是被告的清白。因为您无罪，您也许可以指望您的清白。那么您就既不需要我也不需要任何其他的帮助。"

这段有条有理的叙述起初使 K 大吃一惊，但是后来他也轻声对画家说："我认为，您自相矛盾。"

"怎么会呢？"画家耐心地问，微笑着向后靠。这个微笑在 K 的心里引起一种感觉，仿佛他现在已经走到这一步，不是在画家的话里发现矛盾，而是在法院审理程序本身发现了矛盾。尽管如此他不后退，而且说："先前您指出，法院不理会证明材料，后来您又把这局限于公开审理时，现在您甚至说，无罪者在法庭面前不需要帮助。这里面已经有矛盾。此外您刚才说过，可以对法官个人施加影响，可是现在又否认，像您说的那种宣告无罪可以通过私人影响达到。这里面是第二个矛盾。"

"这些矛盾很容易解释。"画家说，"说的是两个不同的事物，法律上规定的，和我亲身经历的，您不能把二者混淆。一方面在法律上，我当然没读过，当然写着，无辜者应该宣告无罪，另一方面那儿没写着法官可以被影响。可是我的经验正好相反。我不知道任何一个真正宣告无罪的例子，但是可能有许多受到影响去干预的情形。当然可能在所有我知道的案子中，不存在无辜的。但是也不是没有可能吧？在这么多的案件中就没有一个无罪吗？我还是孩子时，父亲回家时，就仔细听他讲案子，来到他的画室里的法官也讲案子，在我们的圈子里人们不谈别的，我几乎还没有可能自己到法院去，我总是利用这些机会，我注意倾听无数案件关键阶段的情况，尽可能关注案件的进展，而且——我不得不承认——没有经历过一件真正宣告无罪的案子。”

“那就是说没有一次宣告无罪。”K 好像是对自己和他的希望说，“但是这证实了我对法院的看法。也就是说，从这个角度来说法院没有用处。一个刽子手就能代替整个法院。”

“您不能一概而论，”画家不满意了，“我只是从我的经验说的。”

“这就够了，”K 说，“或者您听说过过去有过宣告无罪的吗？”

“这种宣告无罪，”画家回答，“当然应该有过。只是这很难断定。法院最终的决定从来不公开，甚至法官也不知道，这样一来关于旧的案例只能是传闻了。这些传闻中自然包括大多数宣告无罪的案子，人们可以相信，但是却无法证实。尽管如此，不必完全忽略传闻，其中肯定包含某种真实，再说也很美好，我自己就以这种传闻为题材画了一些画。”

“仅仅是传闻改变不了我的看法，”K说，“人们可能也不能在法庭援引这些传闻吧？”

画家笑了。“不，不能援引。”他说。

“那么说这些就没用了？”K说，他想暂且接受画家的所有意见，甚至那些他觉得不可能，而且和其他的说法有矛盾的看法。现在他没有时间检验画家说的是否真实，或者甚至反驳，如果他说动画家随便以什么方式，哪怕不是起决定作用的方式帮助他，就已经达到初步的目的了。因此他说：“让我们把无罪释放先放到一边，您可是还提到另外两个可能性呢。”

“表面宣告无罪和延期。仅仅是这两点可以商量。”画家说，“但是您不想在谈话前先把大衣脱下来吗？您可能觉得太热。”

“好吧，”K说，到现在为止，他只注意画家的解释，没顾上别的，但是现在他一想起热来，脑门上马上大汗淋漓，“简直热得受不了了。”

画家点头表示非常理解K的不舒服。

“能不能打开窗户？”K问。

“不行。”画家说，“这只是一块装上去的玻璃，打不开。”

现在K才明白，在整段时间里，他只盼着画家或者他自己突然走到窗户那里，打开它。他准备张大嘴呼吸，哪怕把烟雾也吸进去。这儿完全封闭，没有空气的感觉使他头昏。他用手轻轻地拍打旁边的羽绒床垫，用微弱的声音说：“这样既不舒服，也不利于健康。”

“哦，不是的，”画家说，他要保护他的窗户，“它不能打开，这样虽然只是一块玻璃，可这儿比双层窗户更保暖。如果我想换空气，这不是十分必要，因为木板四处漏风，我可以打开我的一个门，甚至两个门都打开。”通过这样的解释，K 得到点安慰，他环顾四周，想找到第二个门。画家发觉了他的意图，就说 :“门在您的身后，我不得不用床把它挡住。”直到现在 K 才看见墙里的一个小门。“这儿的一切对一间画室来说太小了，”画家抢先说，仿佛他想抢在 K 的批评的前面，“我必须尽量安排得紧凑一点。门前的床摆放得不是地方。比如说我现在给他画像的法官总是从床边的门进来，我给了他一把这门的钥匙，假如我不在家时，好让他在画室这里等我。可是现在他通常总是早晨就来，我还在睡觉。如果床边的门一开，总是会把我从梦中惊醒。假如您听到清早他迈过我的床，我用咒骂迎接他时，您对法官的一切尊敬就会荡然无存。我当然也可以拿走钥匙，可只会更气人。他可以不费劲地把这儿所有的门都卸下来。”

在画家说这段话时，K 一直在考虑，该不该脱大衣，但是最后他看出，假如他不这样做，就不能在这儿长久待下去，于是他脱下大衣，但是把大衣放到膝盖上，为了一旦谈话结束，可以立刻又穿上。几乎还没等他脱下大衣，姑娘们中的一个叫起来 :“他已经把大衣脱了！”而且可以听见她们怎样挤到门缝这儿，要亲自看这场戏。

“姑娘们以为，”画家说，“我将要给您画像，因此您脱大衣。”

“哦，是这么回事。”K说，只稍稍开心一点，因为他觉得没有比先前好受多少，尽管他只穿着衬衫坐在这里。他几乎有点闷闷不乐地问：“您管另外两个可能性叫什么？”

“表面无罪释放和延期审理。”画家说，“选择哪个在于您。通过我的帮忙二者都可以达到，自然不是不费力气，区别在于，表面宣告无罪要在一段时间里集中全部精力，延期审理费的精力小些，但时间耗费得长。好吧，先进行宣告无罪吧。假如您愿意选这个，我在一张纸上写下一个您无罪的证明。这种证词的格式我是从我父亲那里学来的，完全无可挑剔。然后我拿着这份证词到我熟识的法官那里走一遭。就是说我大约从这儿开始，我给他画像的那个法官，如果今天晚上他参加会议，我把证明呈给他。我把证词放在他面前，向他解释，您是清白的，担保您无罪。但是这不仅是表面的，而且是真正有约束力的保证书。”在画家的目光里有点不高兴的意思，好像不愿意K把这种责任加在他身上。

“那当然好啦。”K说，“那么也许法官会相信您，然而尽管如此并不真的宣告我无罪吗？”

“正如我刚才说过的那样，”画家回答，“再说也不完全有把握，每个人都会相信我，有的法官，比如要求我把您自己领到他那儿去。就是说那时您不得不一起去。无论如何在这种情况下，事情就赢了一半了，特别是我事先告诉过您有关的详细情况，在有关的法官面前应该采取什么态度。比较麻烦的是在那些事先拒绝我的法官那里——偶尔也会碰到这种情况。在这种时候我们必须放弃，尽管我肯定会继续努力，但是我们也可以甩开他们，因为个别法官不能在这里起关键作用。假如现在我有足够的法官签字的证明材料，我就拿着这些材料到正好办您的案子的法官那里去。很可能我拿到他的签字，因为一切的发展比平时更快些。一般来说那时不会再有许多阻碍，对于报告来说这是最有信心的时刻。但是虽然显得奇怪，可确是事实，人们在这时候比在无罪释放以后还有信心。现在不需要特别费劲了。主审法官手中掌握了大量其他法官签字的证明材料，可以放心大胆地宣告您无罪了，虽然还要填各种表格，为了让我和其他熟人满意，他无疑会宣告无罪的。而您就走出法庭，自由了。”

“那这就是说，我自由了。”K 迟疑地说。

“是的，”画家说，“但是只是表面自由，或者更精确的表达：暂时自由。我的熟人都是下层法官，他们没有权力宣布最终无罪释放，这个权力只有最高法院才有，对于您，对于我，对于我们大家，那是根本不可接近的。那儿是什么样的，我们不知道，顺带说一句，我们也不想知道。我们的法官没有那么大的权力宣告无罪，但是他们有权力使您暂时摆脱控告。这就是说，如果您用这种方式被宣告自由了，那么您暂时逃脱了被控，可是罪名仍旧悬在您的头顶上，只要更高的命令一下，立即就生效。因为我和法院有这么好的关系，我也可以告诉您，在法院办公室的规章制度中，真正的无罪释放和表面无罪释放之间有什么区别。在真正的无罪释放时，诉讼档案应该全部销毁，完全从诉讼程序中消失，不仅控告的，而且审理的，甚至宣告释放的文件都销毁，一切都销毁。而在表面无罪释放时就不一样了。案卷没有任何变化，无罪担保书、宣布无罪的决定和宣告无罪的理由都得保留着。此外它们在诉讼过程中保留着，在和法院办公室不断打交道时需要，呈到更高一级的法院，又转回到低一级法院来，上上下下来回转，这儿耽搁一下，那儿积压几天。往返的次数无法计算。从外表看，可以得出这样的印象。一切都早已忘记了，文件丢了，无罪释放是比较完善的。一个了解内情的人不会相信这事的。档案没丢失，法院没遗忘这个案子。有一天——没有人期望这样——某一个法官注意地拿起档案，看出，在这个案子中，被告还活得好好儿的，立刻发布逮捕令。在这种情况下，我估计，在表面宣告无罪释放和重新逮捕之间有很长一段时间，这有可能，我知道这样的例子，但是同样也可能法庭宣告被告无罪释放，等他回到家里，已经有特派员在那儿等着，重新逮捕他。那时自由的生活自然结束了。”

“那么诉讼重新开始吗？”K 几乎不大相信地问。

“当然，”画家说，“诉讼重新开始，当然存在和原来一样的可能，再次获得表面宣告无罪释放。你必须集中全力，不能屈服。”画家说的最后一点，也许是因为有这样的印象，K 已经有点垂头丧气了，现在 K 注意听了。

“但是，”K 问，他好像想抢在画家揭露什么情况之前说话，“第二次获得宣告无罪的结论不比第一次更困难吗？”

“人们不能，”画家回答，“从这个角度说什么肯定的话。您大概以为，第二次逮捕会对法官在他们判决时有不利于被告的影响？情况不是这样。法官在宣布无罪释放时就预见到这次逮捕。所以这种情况几乎没什么作用。但是也许无数特别的原因可能使法官的情绪以及他们对案子的司法判断变成另一个样，为争取第二次无罪释放的努力就必须适应变化了的形势，而且一般来说和在第一次之前使同样大的力气。”

“但是这个第二次无罪释放仍然不是最终结果。”K说着转过头去，表示拒绝。

“当然不是，”画家说，“第二次无罪释放跟着第三次逮捕，第三次无罪释放跟着第四次逮捕，这样一直继续下去。这在表面无罪释放的概念中已经包括了。”K没说话。“表面无罪释放似乎对您没什么好处，”画家说，“也许延期审理对您更好些。用我把延期审理的情况向您解释一下吗？”K点点头。画家舒服地在椅子里往后靠着，睡衣敞开了，他把一只手伸进去，抚摸胸口和腋下。“延期，”画家说着朝前看了一会儿，好像寻找一个恰当的解释，“所谓延期审理在于，让诉讼一直停留在最初的审理阶段。为了达到这个目的，被告和帮助的人，特别是帮忙的人必须和法院保持不间断的个人接触。我重复一遍，在这儿不用像获得表面无罪释放那样投入那么大力量，但是可能需要更多的注意力。得不错眼珠地盯着诉讼程序，必须隔一段时间，而且在特别的机会，去找有关的法官，通过何种方式争取和他搞好关系；如果你个人不认识这位法官，那你必须通过熟识的法官对他产生影响，不能因此就放弃比如直接的商谈。从这个角度说如果什么都没有耽误，那么你就可以有足够的把握预见，诉讼不会越过它的最初阶段。诚然诉讼没有停止，但是被告就像已经自由了那样，不用担心判决。和表面宣告无罪相比，延期审理有好处，被告的未来少一点不定因素，他可以免受突然逮捕的惊吓，不必害怕，比如正好在这样一个时候，他的其他情况因此很不利时，用不着害怕因为要获得表面宣告无罪而必须付出的努力和引起的惊恐不安。自然延期审理对于被告来说也有不能低估的不利一面。在此我指的不是被告永远不会自由，表面宣告无罪在本来的意义上他是不能自由。我说的是另外的不利一面。没有至少表面上的原因提出来，诉讼不会停下来。所以必须在审讯过程中能向外宣布发生了点什么事。必须不断发布各种指令，提审被告，调查等等。诉讼必须在人为划定的小圈子里继续转来转去，向前进展。这必然给被告带来某些不快，可是您不能把它想成最坏的。这一切只是表面上的，比如审讯只是草草了事，如果您没有时间，或者没有兴趣出席，您可以道个歉，在某些法官那里您甚至可以和他们一道事先确定一个较长时间的安排，问题实际上在于，因为您是被告，您只要时常到您的法官那里报到就行了。”他说到最后一句话时，K 已经把大衣拿到胳膊上，站起来了。

“他已经站起来了！”门外立即喊起来。

“您已经打算走了吗？”画家问，他也站起来了，“肯定是空气把您从这儿赶出去的，我非常难过。本来我应该再告诉您一些的。我不得不讲得十分简短。我希望，您能明白。”

“啊，是的。”K说，他由于被迫集中精力注意倾听，头疼起来。

尽管K承认已经明白了，画家还是又把一切都总结一次，好像是他想给K在回家的路上一个安慰：“两个方法有一个共同点，阻止对被告的宣判。”

“但是它们也阻止了真正的无罪释放。”K小声说，仿佛他看出这点觉得不好意思。

“您抓住了事情的本质。”画家马上说。K把手放到大衣上，但是甚至决定不了，是否穿上外套。最好他把所有的东西都抓起来，拿着跑到新鲜的空气中去。姑娘们也不能促使他穿上大衣，虽然她们已经过早地叫喊，他在穿衣服。画家想弄明白K的情绪，因此说：“您多半还没有就我的提议做出决定。我赞同您的慎重。我本来甚至想劝阻您，别立即做决定的。好处和坏处相差无几。必须仔细衡量。当然啦，也别浪费太多时间。”

“我会很快再来的。”K说，他突然决定穿上外套，把大衣搭在肩上，朝门口快步走去，在他身后，姑娘们现在开始叫唤。K相信，透过门看见了叫喊的姑娘们。

“您肯定会守信的，”画家说，他没有跟着K，“否则我到银行去，自己打听。”

“您倒是把门打开呀！”K说着拉住门把手，他感觉到姑娘们在外边紧紧抓住把手的相反的作用力。

“您想让姑娘们找您的麻烦吗？”画家问。

“您最好利用这个出口。”他指指床背后的门，K同意，往床边跳回来。但是画家没有开门，而是爬到床底下，在床下问：“再等一下。您想不想看我也许可以卖给您的画？”K不想失礼，画家真的是关心他，而且答应继续帮助他，再说因为K的忘性，还根本没谈过帮助的报酬的事，所以现在K不能拒绝他，只能让他把画拿出来看，尽管K忍不住想离开画室。画家从床底下拖出来一堆落满灰尘、没加框的肖像，当画家想把最上边的画上的灰尘吹掉时，灰尘在眼前飞，使得K好长一段时间喘不过气来。

“一片荒野。”画家说着把画递给K。画的是深色的草地上两棵距离很远的低矮的树。背景是多彩的日落。

“太美了，”K说，“我买这幅。”他没想到自己说得这么简短，他很高兴，因为画家并没有对他的态度不满，而是从地上拿起第二幅画。

“这儿是和这幅画相配的一幅。”画家说。可能这是有意和那幅画相配的，但是可以看出和第一幅画没有一点区别，这里也是树、草和落日的景色。

但是K没在意。“都是美丽的风景，”他说，“我两幅都买，把它们挂在我的办公室里。”

“您好像喜欢这个主题，”画家说，又取出第三幅画，“但是这个不是相似，更是完全一样的古代荒原。”画家正好利用这个机会推销卖不出去的旧画。

“这幅我也要了。”K 说，“这三幅画多少钱？”

“这事我们等会儿再谈，”画家说，“现在您有急事。我们保持联系吧。此外我很高兴，所有的画您都喜欢，我把下边这儿的画都给您。都是荒野景色，我已经画了许多荒野风景。有些人拒绝这些画，因为它们太忧郁，但是另一些人，您属于他们之中，正好喜欢阴郁的风景。”但是 K 现在对于乞丐画家的职业经验毫无兴趣。

“请您把所有的画都包起来。”他喊道，打断了画家的话，“明天我的仆人来取。”

“这用不着，”画家说，“我希望我能给您找一个搬运工，立刻和您一块走。”他终于从床上爬过去，把门打开。“您别怕，踩到床上，”画家说，“每个到这儿来的人都这么干。”就是没有这个要求，K 也不会顾及这点，他甚至一只脚已经踏到羽绒床垫中央，这时他透过打开的门往外一看，又把脚收了回来。

“那是什么？”他问画家。

“您为什么惊讶？”这个人也吃惊地问，“那是法院办公室。您不知道吗，这儿是法院办公室。几乎在每个阁楼上都有法院办公室，为什么恰好在这儿应该缺少？我的画室实际上属于法院办公室，但是法院把它提供给我用。”

K 并不是很为他在这儿发现法院办公室而震惊，他主要是对自己对法院事情的无知感到害怕。对他来说，作为一个被告的态度的基本规则，应该永远有所准备，绝不要让人吓着，如果法官站你的左边，绝不要毫无所知地往右看——他正是一再违反这个规则。他面前出现了一条长通道，一股风从那里吹来，和画室里相比空气新鲜多了。通道的两侧安放着凳子，和主管 K 的案子的办公室外边的等候室完全一样。看来对于办公室的设备有明文规定。目前没有太多当事人来来往往。一个人半躺在那里，把脸埋在凳子上的手臂里，好像在睡觉；另一个人站在走廊的尽头有点昏暗的地方。现在 K 越过床，画家拿着画，跟在他后边。不久他们遇见一个法院的差役——现在 K 从他们在平民服装上普通的纽扣下面的金纽扣上已经认出所有的法院差役——画家向他下达任务，拿着画送 K 回家。

当 K 走时，摇摇晃晃的，手帕紧紧地捂在嘴上。他们已经快走到出口了，姑娘们向他们冲过来，也就是说 K 没躲开她们。她们显然看见了，画室的第二个门开了，她们绕了一个弯，从这面挤进来。“我不能再陪您了，”画家在姑娘们的拥挤中笑着喊道：“再见！别考虑太长时间！”K 甚至没有回头看他。他在巷子里坐上他遇到的第一辆车。他想尽快摆脱那个差役，他觉得差役的金纽扣十分刺眼，使他讨厌，尽管平时也许并不引人注目。为了完成任务，差役也想坐进马车里，但是 K 把他赶了下去。等 K 到银行门口前时，早已经过中午了。他本想让那些画留在车里，但是又怕可能在一个什么时机面对画家时，需要用画来证明自己的身份。因此他把画拿到他的办公室，锁在他的桌子最下面的抽屉里，为了至少在最近几天不让副经理看到。

第八章　商人布洛克——解聘律师

K 终于确实决定取消律师的代理了。对于这样做是否正确的怀疑虽然没有消除，但是相信它绝对必要的信念占了上风。他打算到律师那儿去的那天，做这个决定花费了他许多力气，他工作效率特别低，他不得不在办公室待到很晚，当他终于站到律师门前时，已经十点过了。在他按门铃之前，他考虑，是不是用电话或者信通知律师解聘更好，当面谈肯定很尴尬。尽管如此，他最终不想放弃面谈的打算。任何其他方式的解聘也许会默认，或者说上几句场面上的话来接受，而如果 K 不能从莱妮那儿打听出点什么情况，他永远不会得知律师怎样接受解聘，不会知道按照律师并非不重要的看法，解聘对于 K 将带来什么后果。那么律师坐在 K 的对面，倘若对于解聘很吃惊，K 就能从律师的脸和举止上轻易地得到他想知道的一切，尽管律师不想多暴露出来。甚至不排除这种情况，确实这样更好，仍然让律师辩护，然后他收回他的解雇决定。

像往常一样，在律师的门上按第一声门铃没有反应。“莱妮应该动作迅速一点。”K想。假如没有其他人掺和，就像平时那样，不管是穿睡衣的男子，还是别的什么人开始找麻烦，那就算不错了。当K第二次按门铃时，他往后看了看另一个门，可是这次那个门也关着。终于在律师家门的窥视孔里出现了两只黑眼睛，但是那不是莱妮的眼睛。有人把门打开了一道缝，可是暂时还是顶住门，回头冲着卧室喊：“是他。”然后才把门完全打开。K赶忙挤到门口，因为他听见，在他身后另外一家的门上，钥匙已经在钥匙孔里急速转动。当门终于在他面前打开时，他正好冲进前厅，还看见莱妮怎样穿着睡衣跑过走廊，那条通道从房间之间穿过，开门的人的喊声就是提醒莱妮的。他盯着她的身后看了一会儿，然后转过头去看开门的人。那是一个矮个子、长着络腮胡、肤色黝黑的男子，他手中拿着一支蜡烛。

“您是这儿的雇员吗？”K问。

“不是，”那人回答，“我不是这儿的，律师只是我的代理人，我是因为一件法律事件到这儿来的。”

“没穿外衣就来了？”K问，同时用手指着那人衣冠不整的样子。

“哦，对不起。”那人说，用烛光照了照自己，仿佛他刚刚才第一次看到自己的样子。

“莱妮是您的情人？”K简短地问。他把腿叉开一点，拿着帽子的手背到身后。只是穿了一件厚厚的长大衣，他就觉得自己比那个瘦小的男子优越得多。

“哦，上帝，”他说着把一只手举到脸前做出惊讶和反驳的样子，“不，不，您想哪儿去了？”

“您看起来值得信任。”K笑着说，“尽管如此——您过来。”K朝他挥动一下帽子，让他走在前面。“您到底叫什么名字？”在路上K问。

“布洛克，商人布洛克。”小个子说，一边介绍自己，一边转向K，但是K不让他停下来站住。

“这是您的真名吗？”

“当然，”他回答，“您究竟为什么怀疑？”

“我想，可能您有理由隐瞒您的名字。”K说。他感觉这么自由，就像人们只有在陌生的环境，和下等人谈话时那样，一切与自己有关的，都可以保存在自己心里，只无动于衷地谈论别人感兴趣的事，可以因此增强别人的注意，但是也可以随时放手不管。K在律师的工作室门口站住，打开门，对老实地继续往前走的商人喊：“别走那么快，照照这儿。”K以为莱妮可能躲藏在这里，他让商人把所有角落都找找，但是房间是空的。在法官的画像前，K从后面拉住商人的背带，往后拽。

“您认识这人吗？”他的手指着高处问。

商人举起蜡烛，眯起眼睛朝上看，同时说：“那是一个法官。”

“一个高级法官？”K问着站到商人旁边，为了观察这幅画给他留下的印象。商人钦佩地向前看。

“是一名高级法官。”他说。

“您眼光不准，”K说，“在低级预审官中他是最低的一个。”

“现在您提醒了我，”商人放下蜡烛说，“我也听说过。”

“这是理所当然的，”K喊起来，“我忘记了，您当然肯定听说过。”

“但是究竟为什么？到底为什么？”商人问，这时K用手推着他，继续往前走。在外面的过道里，K说：“您肯定知道莱妮躲藏在哪里吧？”

“躲藏？”商人说，“不，她可能在厨房里为律师煮汤。”

“为什么您刚才没有马上说出来？”K问。

“我正打算领您去，可是您把我叫回来了。”商人回答，好像矛盾的命令弄得他不知所措。

“您自以为很聪明，”K说，“那么领我去！”K到了厨房，他还从没有到过这儿，厨房的大和设备齐全使他震惊。仅仅炉灶就比平常的大三倍，其他细小的东西却看不清楚，因为现在只有门口挂着的一盏小灯亮着。莱妮系着白围裙站在炉灶边，正把蛋液倒在酒精炉上的一只平底锅里。

“晚上好，约瑟夫。”她斜着看了他一眼说。

“晚上好。”K说，指着放在边上的一张椅子，让商人坐下，商人也就坐下了。但是K走到莱妮身后离她很近的地方，俯在她的肩头问：“这个人是谁？”

莱妮一只手搂着K，另一只手用勺子搅着汤。她把K往前拉得离自己近一点，同时说：“一个值得同情的人，一个可怜的商人，名叫布洛克，只要看看他那模样。”

两人回过头看。商人坐在K指定让他坐的椅子上，把已经用不着照亮的蜡烛吹灭，用手指捏着蜡烛芯，以免冒烟。“你刚才只穿着衬衫。”K说，用手又把她的脑袋转过来，对着炉灶。

她没说话。

“他是你的情人？”K问。

她想去拿汤锅，可是K把她的双手抓住，并且说：“回答！”

“到工作室来，我把一切都讲给你听。”她说。

“不，”说，“我要你在这儿说明一切。”她抱住他的头，想吻他，但是K拒绝了。而且说：“我不愿意你现在吻我。”

“约瑟夫，”莱妮看着K的眼睛说，脸上流露出恳求，却又很坦然的表情，“你不用嫉妒布洛克先生。”“鲁迪，”然后她转头对商人说，“你倒是来帮我一下啊，你看，我被怀疑了，放下蜡烛。”人们可能以为，他没有留心这儿的事，可是他完全明白了。

“我多半也不知道，为什么您会嫉妒。”他回答得快了一点。“其实我也不知道，为什么吃醋。”看着商人微笑着说。

莱妮大笑起来，趁K没注意，紧靠在他的怀抱里，在他耳边小声说：“现在别管他了，你看见了，他是一个什么样的人。我对他稍微好一点，是因为他是律师的一个大客户，没有别的原因。而你呢？今天还想和律师谈话吗？他今天病得很重，但是如果你要谈的话，我去通报。可是你得在我这儿过夜，说好了。你已经好久没来我们这里了，甚至律师也问起过你。别忽略案子！我也有许多听到的事情要告诉你。但是现在先把大衣脱下来！”她帮助K脱下大衣，拿走他的帽子，跑到前厅把这些东西挂起来，然后又跑回来，看她煮的汤：“我应该先给你通报还是先给他把汤端去？”

“先通报我来了。”K说。他生气了，他起初打算和莱妮详细商量一下他的案子，特别是解聘律师的问题，商人的在场使他没了兴趣。但是现在他仍然认为他的事情太重要了，也许不应该让这个小矮子影响了此事，于是他又把已经走到过道的莱妮叫了回来。“先送汤吧，”他说，“他应该为和我的谈话补补身子，他需要这汤。”

“您也是律师的当事人啊。”商人在角落里像是冲着窗户小声说。但是这句话让人听了不痛快。

“这究竟关您什么事？”K说。

而莱妮说：“你不能安静会儿吗？”“那么我先把汤给律师送去。”莱妮对K说，同时把汤倒在一只碟子里，“只怕他一会儿就睡着了，饭后他很快入睡。”

“我要对他说的事会让他醒着的。”K说，他想一直让人看出来，他打算和律师商量一些很重要的事情，他想让莱妮问他，是什么事，那他就可以让她出主意了。但是她只是准确地完成已经发出的命令。

当她端着汤从 K 身边走过时，有意轻轻撞了他一下，并且小声说：“等他把汤喝完，我立刻给你通报，好让你尽快重新回到我身边。”

“你就走吧，”K 说，“只管去吧。”

“你倒是亲热一点儿啊！”她说，在门口又回了一次身。

K 在她身后看着，终于决定，解雇律师，也许事先没能和莱妮说这事更好些；她对于整个事件没有足够的全面了解，肯定会劝阻，也可能这次真的阻止 K 解聘，那么他将继续停留在怀疑和不安的状态，过了一段时间后他也许终于执行他的决定，因为这个决定是绝对必要的。但是他越早执行，损失会越小。也许一般来说商人知道对此说些什么。

商人想站起身来时，几乎还是没发觉，K 向他转过身去了。“您坐着。”K 说，同时拉过一张椅子在他旁边坐下。

“您已经是律师的老委托人了？”K 问。

“是的，”商人说，“一个很老的委托人。”

“那他已经为您代理了多少年了？”K 问。

“我不知道您的意思。”商人说，“商业法律事务中——我有一个粮食生意——自从我接手这个生意，律师就为我代理，也就是说大约二十年了，在我个人的案子中，您可能是指这个说的，他也一开始就为我代理，五年多了。是的，比五年长多了，”然后他又补充说，他抽出一个旧信封，“我把一切都记在这里了，如果您要的话，我告诉您详细的日期。把一切都保存起来不容易。我的案子延续的时间可能已经很久了，我妻子去世后不久就开始了，可比五年半还要长。”

K坐得更靠近那个商人一点。“那就是说律师也接手一般的法律纠纷？”他问。和法院及法学的这种联系似乎使他放心不少。

“当然，”商人说，然后他对K低声说，“有人甚至说，他在司法纠纷上比在其他方面更精明。”但是很快他就好像为刚才说过的后悔了，他把手放到K的肩膀上，并且说：“我恳切地请求您，别出卖我。”

K表示安慰地拍拍他的大腿，同时说：“不会，我不是叛徒。”

“他可是好报复的。”商人说。

“对于这样一个忠实的委托人，他不会做什么的。”K说。

“噢，他会的，”商人说，“如果他激动起来，六亲不认，再说我其实对他也不忠实。”

“怎么不忠实？”K问。

“我应该相信您吗？”商人怀疑地问。

“我想，您可以相信。”K说。

“那好，”商人说，“我将部分相信您，但是您也得告诉我一个秘密，以便我们在律师面前相互保守机密。”

“您很谨慎，”K说，“但是我会告诉您一个秘密，让您完全放心。那么您对于律师的不忠实在于什么呢？”

“我，”商人的声调犹豫起来，好像他承认什么不光彩的事似的，“我除他之外还请了其他律师。”

“可这也不是什么坏事呀！”K有点失望地说。

“可是在这儿，”商人说，自从他坦白之后呼吸一直很沉重，听了K的解释，他才多了点信心，“在这儿是不允许的，最不允许除了一个所谓的正式律师以外，再请非正式的小律师。我做的正是这样，我除了他之外还请了五个小律师。”

“五个？”K叫起来了，这数字就让他大吃一惊，“除了这个外还有五个？”

“我还在与第六个商谈。”商人点点头。

“但是，您干吗需要这么多律师？”

“我都需要。”商人说。

“您不想给我解释一下吗？”

“很愿意。”商人说，“首先我不想输掉官司，这是不言而喻的。因此我不能放掉任何可能利用的机会；即便在某种情况下，利用的希望极小，我也不能把它丢弃。所以我把我所掌握的一切都用在诉讼上。于是我把我生意上所有的钱都抽了出来，以前我的办公室几乎占了一层楼，今天后楼的一间小屋就够了。我和一个学徒在那儿工作。不仅是抽出资金造成生意的这种下滑，更因为耗费了我的精力。如果一个人要想在他的案子中做点什么，那他就没多少精力顾到其他事。”

“那么说您自己跑法院？”K问，“这正是我想知道的。”

“关于这事，我只能给您讲一点，”商人说，“开始我也想尝试来着，但是很快就又放弃了。太费劲了，而且没多大效果。到那儿去，在那儿和他们协商，至少对我来说显然是完全不可能的。仅仅在那儿坐着等就很耗费精力。您自己也知道办公室里的空气多污浊。”

“您怎么知道我到过那儿？”K问。

“您走过走廊时，我正在等候室里。”

“多凑巧啊！”K喊起来。他已经忘了先前商人的可笑，完全接受了他。“那么就是说，您看见我了！当我穿过走廊时，您在等候室里。是的，我是有一次走过那里。”

“这不是十分偶然，”商人说，“我几乎每天都在那里。”

“我大概也得经常去那儿，”K说，“只是可能我不能受到像当时那样尊敬的接待，大家都起立。可能人们以为，我是一个法官。”

“不，”商人说，“当时我们在欢迎法院的差役。您是一个被告，我们知道。这样的消息传得很快。”

“那么说，您已经知道了，”K说，“那么您不觉得我的态度也许很高傲。人们没有把这个看法说出来吗？”

“没有，”商人说，“相反，但是大家都觉得是愚蠢的。”

“怎么是愚蠢的呢？”

“为什么您非得问明白？”商人生气地说，“您好像还不了解那儿的人，而且也许不会弄明白。您必须考虑到，在诉讼的过程中，谈论的许多事情人们的理智都不够用了，人们为许多事分心，已经精疲力竭了，他们只好相信迷信。我说别人，自己也不比他们更好。这样一种迷信，比如说，许多人想从被告的脸上，特别是从嘴唇的线条上看出案子的结局。就是说，这些人宣称，他们从您的嘴唇上看出，您不久就会宣判。我重复一遍，这是可笑的迷信，而且在大多数情况下，事实也完全否定了这一点，但是如果您在那个圈子里生活，很难逃脱这种看法。您只要想想，这种迷信影响多强。您在那里和那里的一个人说话了吧，是不是？但是他几乎不能回答您。当然有很多在那里变得糊里糊涂的原因。但是看见您的嘴唇，也是原因之一。后来他讲过，他相信，从您的嘴唇上看出他自己的判决的征兆。”

“我的嘴唇？”K问，抽出一面小镜子，照着自己看，“我从我的嘴唇上什么特别的也看不出来。您呢？”

“我也看不出来，”商人说，“完全没有。”

“这些人怎么这么迷信呢？”K喊了出来。

“我不是说了吗？”商人说。

“那他们相互来往，交换他们的看法吧？”K说，“到现在为止我一直和他们完全没有来往。”

“一般来说他们也不交换意见。”商人说，“这也不可能吧，有那么多人。共同的利益也不多。假如某一些人以为有什么共同的利益，不久就证明，那是一个误会。任何共同反对法庭的行动都是行不通的。每个案子都是私下里调查的，这是一个很谨慎的法院。因此不可能实施什么统一的行动，只有个别人能够达到目的，有时秘密地进行；直到他取得成果时，其他人才知道；没有人知道是怎么办的。也就是说，没有共同行动，虽然在等候室里人们在这儿、那儿聚在一起，但是在那个地方很少谈话。迷信的看法由来已久，而且自然而然地越来越严重。”

“我在等候室里看见了那些人，” K 说，“他们的等候我觉得毫无用处。”

“等候不是没有用处的，” 商人说，“没用的只是自己单独采取行动。我已经说过了，现在我除了这个律师外还又请了五个律师。人们肯定认为——我自己起初也相信这一点——现在我可以把事情完全交给他们了。可是完全错了。我能托付给他们的，比我只有一个律师时还少。您多半不理解吧？”

“不明白，” K 说，为了不让他说得太快，K 把一只手安慰地放在商人的手掌上，“我只请您讲慢一点，这确实都是对我十分重要的内容，我跟不上。”

“好，您提醒了我，” 商人说，“您是新手，一个年轻人。您的案子才半年，是不是？是的，我听说了。一个时间这么短的案子！但是这些事情我已经想过无数遍了，对我来说这是世界上最不言而喻的事情。”

“大概您很高兴，您的案子已经有这么大进展？” K 问，他不想直接问商人的案情怎么样。但是他也没得到明确的回答。

“是啊，我已经为我的案子奔波了五年，” 商人低下头说，“取得了不小的成绩。” 然后他沉默了一会儿。

K 悄悄地听着，莱妮是不是来了。一方面他不希望她来，因为他还有许多事要问，也不希望在这个和商人的亲密谈话时让莱妮撞见；另一方面他又生气，尽管他在这里，莱妮还在律师那里待这么长时间，比送一盘汤需要用的时间长得多。

“我清楚地记得那个时间，”商人又开始讲了，K立即注意听着，“当时我的案子也就才半年，像现在您的案子一样。当时我只有这一个律师，而且对他不太满意。”

“我在这儿可以得知一切。”K心想，就快活地点点头，仿佛想以此鼓励商人，把一切有价值的东西说出来。

“我的案子，”商人接着说，“没有进展，虽然举行了预审，我每一次都到庭，我收集了材料，把我做生意的所有账册提交法庭，我后来才得知根本用不着，我一再跑到律师那里，他也提出各种各样的申诉——”

“各种各样的申诉？”K问。

“是的，那当然啦。”商人说。

“这对我很重要。”K说，“在我的案子里他还一直在办第一份申诉。他还什么也没写出来。我现在看出来了，他不关心我的案子，太可恶了。”

“申诉没写出来，可能有各种合理的理由，”商人说，“再说从我的申述中后来看出，申诉一点用也没有。由于一个法院官员的好心，我自己甚至看到过一份。申诉虽然写得有学问，但是实际上没有内容。特别是有许多我不认识的拉丁文，然后几页长的向法院的一般性呼吁，再后来是对某个个别法官的吹捧，虽然没提名字，但是知情人肯定能猜出来，然后是律师的自我吹嘘，与此同时他又用赤裸裸的、奴性十足的词对法院阿谀奉承，最后据说是和我的案子类似的案例分析。就我所能跟踪到的，这些分析当然是十分细致的。我也不想在这里评判律师的工作，我所看到的申诉只是许多申诉中的一份，但是无论如何，对此我现在也不想谈论，当时我没有看到我的案子有什么进展。”

“您到底想看到什么样的进展？”K问。

“您问得很明智，”商人微笑着说，“在这样的诉讼中人们很难看到进展。但是当时我不知道。我是商人，当时我比今天更像商人得多，我要能抓得着的进展，整个案件应该有结果，至少按照合理的程序进入下一步。然而代替这样的进展的只是传讯，大多数内容相同的传讯；回答我已经准备好，总是老一套；没有一周法院的信差不到我的商行来，到我家或者其他任何可以碰见我的地方，这自然对我是很大的干扰（今天在这个意义上说好多了，至少电话干扰少得多），在我的生意朋友，特别是在我的亲戚中开始流传关于我的案子的流言，也就是说我在各方面都受到损害，但是就没有丝毫在最近举行第一次开庭的征兆。于是我就到律师那里诉苦。他虽然给了我长篇解释，但是却坚决拒绝按我的意思做什么，没有人能对确定审理的日期施加影响，在申诉书中催促——像我要求的那样——从来没听说过，而且会毁了我和他。我想：这个律师不愿意或不能做的，另一个律师会愿意干或者能做到。于是我找其他律师。我先得告诉您：他们之中谁也没有请求过确定主要的庭审日期，或为此做过努力，这是实际上——当然我下面所要说的有一个例外——是不可能的，就这一点来说这个律师也真没骗我；此外我也不遗憾，又找了别的律师。您可能从胡尔德博士那里已经听说了关于非正式开业的小律师的某些事，他多半对您把他们说得很没用，他们真的是这样。当然每当他拿自己和他的同事与他们相比时总会出现一个小错误，我想让您顺带注意一下，他总是一再提到他的圈子里的律师，把圈里人作为‘大律师’和其他人加以区别。这是错误的，当然每个人都可以说自己是‘大律师’，如果他喜欢的话，但是在这件事情上起决定作用的只是法院的传统称呼。即根据法院的传统，除了不学无术的律师外还有大律师和小律师。但是这个律师和他的同事都只是小律师，然而大律师，我只听说过，没有见过，地位在小律师之上，要高得多，就像小律师高踞于非正式开业的讼师之上一样。”

“大律师？”K问，“到底谁是大律师？怎么能找到他们？”

“那么说您从来没有听说过他们？”商人说，“几乎没有一个被告得知他们后，在一段时间里不梦想着见到他们。您最好别受这个诱惑。谁是大律师，我不知道，人们根本不可能到他们那儿去。我从来不知道，肯定说有他们介入的案件。他们为某些人辩护，但是人们不能凭自己的意愿达到这个目的，他们只为他们想辩护的人辩护。他们接手的案子必定是已经经过了初级法院上来的。再说最好也不要指望他们，否则你就会觉得和其他律师的商谈，他们的建议和帮助那么令人反感，毫无用处，我自己就有这样的经历，你最好把一切都抛开，回家躺到床上，什么也不想再听。这当然又是最愚蠢的，就是躺在床上也不得安宁。”

“那么您当时想到过大律师吗？”K问。

“没想多长时间，”商人又微笑着说，“可惜人们不能完全忘记他们，特别是夜晚更容易想。但是当时我想立即取得成果，因此我去找讼师。”

“你们怎么坐得这么近！”莱妮喊了起来，她拿着碟子回来，站在门旁边。他们的确坐在一起，挨得很近，只要稍一转身就会碰脑袋，商人尽管个子小，也还是弓着身子，而K如果想把每一句话都听见的话，就不得不把腰弯得更低。

“一会儿就谈完。”K不高兴地冲莱妮嚷，不耐烦地抖动还放在商人手掌中的那只手。

“他让我给他讲我的案子。”商人向莱妮解释说。

“讲吧，尽管讲吧。”这个姑娘说。她和商人说话挺温柔，可是有点居高临下的意味，K不喜欢这种态度；就像他现在看出来的，这个人确实有一定的价值，至少他有经验，懂得怎样介绍给别人。也许莱妮错误地评价了他。莱妮现在拿走商人一直举着的蜡烛，用她的围裙擦擦商人的手，然后在他旁边跪下，想把滴在他裤子上的烛泪刮掉。

“您要给我讲讼师来着。”K说，同时没有再说什么就把莱妮的手推开。

“你究竟要干什么？”莱妮问，她轻轻拍了K一下，又接着干她的活。

“是的，关于讼师。”商人说，他用手摸着额头，像是在回想。

K想帮他，就说：“您想立即取得成果，所以去找讼师。”

“完全正确。”商人说，可是他不继续说下去。

“也许他不想当着莱妮的面说这事。”K心想，于是他克制自己想立即听下去的焦急心情，不再催促他了。

“你为我通报了吗？”他问莱妮。

“当然通报啦，”莱妮说，“他等着你呢。现在让布洛克歇会儿吧，你有话可以以后再和布洛克谈，他总待在这里。”

K还有点犹豫。“您留在这里吗？”他问商人，他想让商人自己回答，他不愿意莱妮说到商人时，就好像说一个不在场的人，他今天心里很生莱妮的气。

而又只是莱妮回答：“他经常在这里睡觉。”

“在这里睡觉？”K喊道，他以为，在迅速处理他和律师的谈判的过程中，商人将在这里等着他，然后他们一起离开，把一切详细地、不受任何干扰地好好谈谈。

“是的，”莱妮说，“不是每个人都像你，约瑟夫一样，任何时候都可以见到律师。你似乎没有对此感到惊奇，尽管律师生病，他还是在夜里十一点接待你。你以为，你的朋友为你做的，根本就是不言而喻的。现在你的朋友或者至少是我愿意做。我不要别的感谢，不需要，只要你喜欢我。”

“喜欢你？”K起初还存点怀疑，然后他才在心中承认：“是的，我喜欢她。”尽管如此，他没理会其他的，而是抓住刚才的话题说：“他接待我，因为我是他的委托人。即便还需要别的帮助，难道还必须每走一步，总得同时不停地乞讨和感谢吗？”

“今天他还没到这么糟糕的程度吧？”莱妮问商人。

“现在好像我没在场似的。”K想着，他甚至对商人生气了，因为商人客气地赞同了莱妮的话，他说：“律师接待他也是有其他原因的。也就是说，他的案子比我的更使他感兴趣，但是另外他的案子也才刚开始，即多半还没走到死胡同，这时候律师还愿意办。以后就不一样了。”

“是的，是的。”莱妮看着商人微笑说。“听他瞎说！”莱妮这时又对K说，“你根本就别相信他。他倒是个好人，可就是爱胡说八道。也许正因为如此律师受不了他。不管怎么说，律师只是在心情好的时候才接待他。我已经费了好多劲，但是没有办法。只要想想，有时候我报告布洛克来了，他却三天以后才接见他。但是假如布洛克被召见的这时候不在，那一切就又都完了。他又得重新通报。因此我允许布洛克睡在这儿，已经有过这样的情形，律师在夜里打铃召见他。于是现在布洛克夜里也得做好准备。当然现在又出现了这样的情况，有时候，当律师知道，是布洛克在等候，他又临时改变主意，取消他的接见。”

K疑惑地看着商人。商人点头承认，还是像刚才和K谈话时一样坦率地说话，也许他由于羞愧有点精神不集中：“是的，以后越来越依赖律师了。”

“他只是表面上抱怨，”莱妮说，“他经常向我承认，他喜欢睡在这里。”她朝那个小门走去，把门撞开。“你不想看看他的卧室吗？”她问K，说着走过去，从门槛那儿往那个低矮、没有窗户的小屋看，一张窄小的床就把那屋子占满了。上床必须从床栏杆上跨过去。床头的墙上有一个凹槽，那儿零乱地放着一支蜡烛、墨水瓶、笔以及一沓纸，也许是诉讼材料。

“您睡在女仆的房间里？”K向商人转过头去问。

“莱妮给我安排的，”商人回答，“很有好处。”

K盯着他看了好久；他从商人那里得来的第一眼印象也许还是对的；他有经验，因为他的案子已经延续了很长时间了，但是他为这个经验付出的代价也太大了。突然K忍受不了商人的目光了。“你倒是把他带到床上去啊！”他对莱妮喊，可莱妮好像根本没明白。他可要自己到律师那儿去，通过解聘不仅把律师，而且把莱妮和商人都摆脱掉。但是还没等他走到门边，商人压低声音对他说：“襄理先生。”K带着愤怒的脸色朝他转过身来。“您忘了您的许诺，”商人从他的座位欠起身子，恳求地对K说，“您还要告诉我一个秘密呢。”

“完全正确，”K说，他的目光向站在旁边的莱妮瞥了一眼，“那么您听好：这几乎已经不再是秘密了。我现在到律师那儿去，解聘他。”

“他解聘他，”商人从椅子上跳起起来喊道，同时扬起胳膊在厨房里跑来跑去。他一直在喊：“他解聘律师！”莱妮想立即朝K

奔去，但是商人挡着她的道，为此她给了他一拳。然后她仍旧攥着拳头跟在 K 身后跑，而 K 已经落下她一大截了。当莱妮赶上他时，K 已经进了律师的房间了。他差一点就把门在身后关上了，可是莱妮把一条腿伸进门里，让门开着，抓住他的胳膊，想把他拉回来。但是他把她手腕使劲按住，按得那么紧，以致莱妮疼得叫起来，不得不松开他。她不敢跟着也立刻进房间，而 K 用钥匙锁上了门。

“我已经等了您好久了。”律师从床上抬起身子说，他把一份在烛光下看完的文件放在床头柜上，戴上眼镜，凝视着 K。

K 没有表示道歉，而是说：“我一会儿就走。”

因为不是道歉，律师没有注意 K 的话，而是说：“下次我不会这么晚还放您进来。”

“这正符合我的意思。”K 说。

“您请坐。”律师疑惑地看着他。

“是您让我坐的。”K 说着把一把椅子拉到床头柜前，坐下。

“我觉得，您好像把门锁上了。”律师说。

“是的，”K 说，“因为莱妮的缘故。”他没有打算保护任何人。

“她刚才又纠缠您了吗？”

“纠缠？”K 问。

“是啊。”律师说着笑起来，一阵剧烈的咳嗽，等咳嗽过去后，他又笑起来。“您一定是已经发觉她的缠人了吧？”他问，同时拍拍 K 的手，K 本来心不在焉地把手撑在床头柜上，现在他把手缩了回来。“您不把这当回事儿，”律师说，“那就好了。否则我也许得向您道歉了。这是莱妮的一个毛病，一般来说我早就原谅她了，而且如果您刚才不把门锁上的话，我也不会提起这事。这个特点，自然我最不愿意向您解释，但是因为您这么惊奇地看着我，所以我得说说，这个特点在于，她发现所有的被告都很漂亮。她黏着所有的人，喜欢所有的人，当然也以为大家都喜欢她；为了让我开心，有时候如果我允许的话，她就讲给我听。我对这整个的事情不像您那样感到惊讶。假如谁有眼光的话，就会发现，被告真的经常是漂亮的。这当然在某种程度上说是一种奇特的自然科学现象。当然一个人被控告之后，外貌并不会有明显的、可以仔细规定的变化。的确不像在其他司法案件中那样，大多数人仍然按照平常的习惯生活，而且假如有一个好律师为他操心的话，也不会因为诉讼有多大麻烦。尽管如此，那些在这里有经验的人，还是可以在许多人当中一眼就认出被告。根据什么？您会问。我的回答您不会满意。被告刚好是最可爱的。这不是罪行使他们变得可爱，因为——至少我作为律师必须这样说——不是所有人都有罪，也不是将要受到的惩处使他们现在已经可爱，因为的确不是所有人都受到惩处，也就是说，原因只能在于将要对他们提起的诉讼程序，这种诉讼以某种方式使他们无法摆脱。当然在可爱的人中有特别可爱的。但是大家都可爱，即便是布洛克那个可怜的家伙。”

当律师说完话时，K 完全明白了，他甚至在说到最后几句话时，故意点头同意，而且也证实了自己原来的观点，即律师总是，这次也一样，通过报告他一般的、与案子无关的事来分他的心，试图离开他实际上应该为 K 的案子工作的主要的问题。律师可能发觉，这回 K 比往常更对他不满，因为 K 现在没有作声，为了给 K 一个自己说话的可能，在 K 仍旧沉默不语时，他就问：“您今天到我这里来，有一个特定的意图吧？”

“是的，”K 说着用手稍微挡一下蜡烛的光，好把律师看得更清楚一些，“我想对您说，我从今天起取消您的代理。”

“我没听错吧？”律师问，他从床上把身子欠起一点，手撑在枕头上。

“我想，是的。”K 说，他挺直身子坐在那儿，像是十分戒备似的。

“那么我们也可以商量一下计划。”律师过了一会儿说。

“不再有计划了。”K 说。

“但是尽管如此，我们什么事也不用太着急。”他使用“我们”这个词，好像他不打算放掉 K，而且好像他想，即便他已经不能再当 K 的代理，至少还是 K 的顾问似的。

“没有什么可急的。”K 说，他慢慢站起来，走到他的椅子后面，“这事已经仔细考虑过了，甚至考虑得太久了。这个决定是最终决定。”

“那么请允许我最后说几句。”律师说，他把羽绒被掀开，坐在床沿儿上。他那长着白色汗毛、光着的腿冷得发抖。他请求 K 从长沙发上给他拿过来一个毯子。

K 拿来一个毯子，并且说："您完全没有必要这么冻着。"

"这件事的动机太重要了，"律师一边说，一边用羽绒被围住上半身，然后把毯子裹在腿上，"您的叔叔是我的朋友，而且随着时间，我也觉得您越来越可爱。我坦率地承认这一点。我用不着为此羞愧。"

老人这段动感情的话使 K 厌烦，因为它迫使 K 做他本来想避免的详细解释，此外就像他经常公开承认的，尽管他的决定无论如何绝不能收回，可是这段话也使他感到尴尬。"对您的好意我十分感谢，"他说，"我也看到，您对我的案子很重视，尽了您的所能，做了您认为对我有好处的事。但是最近一段时间以来，我有这样一种看法，这些还不够。我自然绝不会试图让您，比我年长得多、有经验得多的人愿意接受我的观点；如果我有时不是有意地这样做了，请您原谅我，但是正如您自己所说，案子非常重要，照我看来，必须有比迄今为止更强有力的力量投入案子中。"

"我明白您的意思，"律师说，"您不耐烦了。"

"我是忍不住了，"K 说，他有点不高兴，但是没太注意律师的话，"当我第一次和叔叔来找您时，您可能发觉，我并不怎么在乎这个案子；如果别人不在某种程度上强迫我想起这事，我完全把它忘了。但是我叔叔坚持，让我委托您为我代理，我这样做了，为了讨他喜欢。那么我的确应该等着，等那个案子对我来说比先前轻松一点，因为我委托了律师代理，为了减轻一些案子带来的负担。但是事实正好相反。以前我从来没有像自从您为我代理以来这样为案子这么操过心。当我单独一个人时，在我的案子中什么也不做，但是我几乎感觉不到它，现在相反我有了一个代理，一切都安排好，只等着发生什么事，我总在期待着您的干预，但是希望总是落空。当然我从您那里得到各种关于法院的情况通报，也许否则我从其他任何人那里也得不到。但是如果现在这个案件真正悄悄逼近的时候，您做的对我来说就远远不够了。”K 把椅子从身边推开，两只手插在外衣的口袋里，直挺挺地站在那儿。

“实际上从某一时刻起，”律师平静地低声说，“就再没有什么新情况出现。多少当事人在案子进展到同样阶段时，像您一样站在我面前，说出同样的话。”

“那么，”K 说，“所有这些当事人都说对了，像我一样。这根本反驳不了我。”

“我并不想驳倒您，”律师说，“但是我想补充的是，我对您比对其他人期望有更强的判断能力，特别是因为关于法院的情况和我的工作，我给您讲得比我当着其他当事人的面讲得多。而现在我不得不看到，尽管如此您对我还是没有足够的信任。您使我做起事来不容易。”律师在 K 面前多么低声下气啊！丝毫不顾及自己的地位尊严，而律师正是在这一点上应该十分敏感的。那为什么他会这样？从表面看，他确实是个很忙的律师，此外也是有钱人，他既不可能在乎少点酬金，也不会害怕少掉一个当事人。此外他还生病，本来减轻工作他应该感到高兴才是。尽管如此他还是紧紧拉住 K。为什么呢？是因为对叔叔的私人同情或者是把 K 的案子看得真这么特别，而且希望自己在这个案子里既在 K 的面前，也在法院的朋友面前——这种可能性绝不能完全排除——有出色的表现。K 尽管如此仍毫无顾忌地盯着他审查，但是从他脸上什么也看不出来。人们几乎可以预计，他有意以毫无表情的面容等待着他的话的效果。但是他显然把 K 的沉默看成对自己有利，这时他接着说："您将会发觉，我虽然有一个大办公室，但是没有助手干活。从前不是这样，有一段时间，几个年轻的律师为我工作，今天我单独一人工作。这部分与我的现实情况有关，因为我总是更多地陷在像您这种司法案件中，部分由于我对于这些案件了解得越来越深。我觉得，假如我不想耽误我的委托人和我接受的委托任务的话，我不应该把这些案件交到别人手里。但是一切工作都自己完成，当然就有后果：我几乎不得不拒绝所有申请和代理，只致力于那些特别能打动我的案子——于是有许多家伙，甚至就在我的附近，冲上去，抢去每一个我放手的案子。此外我病得厉害。但是尽管如此我不后悔我的决定，可能我应该拒绝比我现在做的更多的代理任务，但是我完全投入了显然是必须承接的诉讼案件中，通过这些诉讼我获得了成功。我有一次在一份文件中发现，在普通的案件代理和类似您这样的案件代理之间是有区别的，而且作者对于这种区别表达得十分精辟。区别在于：一个律师用细纱线牵着委托人走到判决；另一个却马上把委托人举到肩膀上，扛着他走到判决，从不把他放下，直到走出判决。就是这样。但是如果我说，我从来没有为这个工作后悔过，也不完全正确。如果我的工作，比如像在您的案子中，完全被误解了的话，那我就几乎后悔了。”

这段话没有说服 K，而是使他更不耐烦了。他相信，从律师的语气中已经听出来，有什么在等待他，如果他屈服，那就会又开始用空话敷衍，提示他继续写申诉，法院官员变好一些的情绪，但是也有工作面临的大困难——一句话，所有已经熟知、都听厌了的老一套又都拿出来，为了让 K 重新怀着渺茫的希望被欺骗，继续被不一定存在的威胁折磨。必须结束这一切，所以他说：“如果您保持代理，在我的案子里您想采取什么措施？”

律师甚至屈从于这个侮辱性的问题，回答道：“接着做我已经为您做过的。”

“我早就知道，”K 说，“那么任何一个字都是多余的了。”

“我将再试一次，”律师说，好像让 K 生气的事，不是发生在 K 身上，而是在他身上似的，“就是说我猜想，您不仅错误评价我的法律援助，而且这也影响了您平日的举止行为，尽管您是一个被告，别人对待您还是太好，或者正确地说对您疏于管理，表面上疏忽了您。这后一点也有它们的理由；戴上镣铐比让您自由更安全。但是我确实想告诉您，其他的被告受到什么样的对待，也许他们能让你从中得到一个教训。那么现在我把布洛克叫进来，请您打开门，坐在床头柜旁边。”

“好吧。”K 说着按照律师要求的去做；而且他也随时准备学习。但是为了在任何情况下有把握，他还又问了一句：“但是您知道，我解除您的代理吗？”

“知道，”律师说，“可是您可能今天又收回。”他又躺回到床上，把羽绒被拉到下巴颏底下，把身子向墙那边转过去。然后他打铃。

莱妮几乎与铃声同时出现，她飞快地扫了一眼，就知道发生了什么事；K 安静地坐在律师的床边上，好像在安慰她。她向 K 点点头，K 微笑地望着她。“把布洛克先生叫来。”律师说。

莱妮没有出去叫他，而是只站在门前喊：“布洛克！到律师这儿来！”然后可能是因为律师脸冲着墙，什么也不注意，她就悄悄溜到了 K 的椅子后边。从这会儿起，她就又缠上了 K，她上身俯在椅子背上，用手轻柔又小心地抚摸 K 的头发，抚摸他的面颊。终于 K 试着阻止她了，他抓住她的一只手，她反抗了一会儿后，不再抚摸他了。

布洛克好像一叫立刻就来了，但是他站在门口，考虑应不应该进来。他竖起眉毛，低下头，好像在等着听到让他到律师那儿去的命令再重复一遍。K 本来可以鼓励他进来，但是他宁愿不仅和律师而且和这个房子里所有的一切最终决裂，所以他一动不动。莱妮也不说话。布洛克发觉，至少没有人赶他出去，就踮起脚尖走进来，面部十分紧张，双手局促不安地拢在背后。他把门留了一道缝，可以随时退回去。布洛克根本没看 K，而是只看着厚厚的羽绒被，律师躺在被子底下，因为他紧贴着墙，根本看不见他。但是人们听见他的声音：“是布洛克在这儿吗？”布洛克已经吓得向后退了一大步，这个问题给了他先是胸前、然后是背后实实在在的一击，他蹒跚了一下，深深地弯下腰站住说：“为您效劳。”

“你想干什么？”律师问，“你来得不是时候。”

“刚才没叫我吗？”布洛克问，这问题更多是对自己，而不是对律师说的，他用手保护着自己，而且准备跑开。

“是叫你了。尽管如此你还是来得不是时候。”自从律师开始说话，布洛克就不再看着床，而是呆呆地望着墙角的什么地方，只是倾听，似乎说话人的目光刺得他忍受不了。可是倾听也困难，因为律师冲着墙说，而且声音又小，说得又快。

“你们要我离开吗？”布洛克问。

“现在既然来了，”律师说，“留下！”人们可能以为，律师不是满足布洛克的愿望，而是威胁要鞭打他，因为现在布洛克已经真的开始发抖了。

“我昨天在第三法官，我的朋友那儿，慢慢地把谈话引向你，你想知道他说了什么吗？”

“噢，请说。”布洛克说，因为律师没立刻回答，布洛克又重复一遍他的请求，而且把身子弯得像是要跪下去。

这时K却斥责他：“你这是干什么呀？”他大声喊。

布洛克完全看明白了，他用恶意的眼光打量K，拼命对K摇头。如果把这种态度翻译成语言的话，那就是臭骂一顿。K竟然还想和这个人友好地谈论他自己的案子呢！

“我不想再打搅你，”K说着向后靠在椅子背上，“跪下或者四肢着地在地上爬，你想干什么就干什么吧，我不再管了。”

但是布洛克倒是还有自尊心，至少面对 K，因为他挥动拳头，骂骂咧咧地朝 K 走过去，他只有在律师身边才敢于这么大声喊道：“您不可以这么和我讲话，这是不允许的。您为什么侮辱我？而且还在这儿，当着律师的面，我们两个人，您和我，只是出于怜悯他才容忍我们在这里。您不比我好，因为您也是被告，也牵涉一件案子。假如您尽管如此还是个正人君子，那我也同样是个君子，虽然不更强一点，而且我希望别人把我当作一位绅士那样和我说话，特别是您。假如您因此认为您比我强，因为您可以平静地坐着，安静地听；而我，像您说的，在地上爬，那我就得提醒您想想一句老的法律警句：对于嫌疑犯来说，活动比静止好，因为您总待在一个天平上不动，就可能会在不知不觉中被人称出您有多少罪。”

K 什么也没说，他只是不动眼珠、惊讶地盯着这个发疯的男子。就在这一小时内，在他身上已经发生了多大变化呀！难道是案子把他抛来抛去，弄糊涂了，让他认不出敌友？难道他看不出，律师有意侮辱他，而且这次目的只是在 K 面前炫耀他的权力，并且这样一来也许能够使 K 屈服？但是假如布洛克不能看出这些，或者假如他这么害怕律师，以至认识到这些也没有一点用，那怎么会出现这样的情形，即他如此狡猾又如此大胆地欺骗律师，对他隐瞒，除了他之外还让其他律师为自己工作。他又怎么敢攻击 K，因为 K 可以立刻揭穿他的秘密。但是他敢干的还更多呢，他走到律师的床前，在那里也开始抱怨 K：“律师先生，您已经听说，像这样的一个人和我谈过话。他的案子才开始没多久，他就已经想教训我，一个已经打了五年官司的人。他甚至骂我。他什么也不懂，还骂我，我可是尽了我微薄的力量仔细研究过，什么是公德、义务和法律条文的。”

“你别管别人，”律师说，“做你觉得正确的事。”

“当然。”布洛克好像鼓励自己说，同时往旁边迅速地瞥了一眼，就跪倒在床边。“我已经跪下了，律师先生。”他说。可是律师没说话。布洛克用手小心地抚摸羽绒被。在这一片寂静的时刻，莱妮从 K 的手中摆脱出来说：“你把我弄疼了。我去布洛克那儿。”她走过去，在床沿儿坐下。

她走过来使布洛克很高兴，布洛克用一种生动、但是无声的信号请求她在律师那里为自己出力。显然他迫切需要律师通报一些消息，但是也许只是为了让他的其他律师利用它们。莱妮多半知道得很清楚如何对付律师，她指指律师的手，噘起嘴唇，做出亲吻的动作。布洛克立刻想到应该吻律师的手，而且按照莱妮的要求重复了两遍。但是律师还一直沉默。这时莱妮向律师俯下身去，她把身体伸展得让自己苗条的体型正好能看出来，而且贴近律师的脸，抚摸他那长长的白发。现在这迫使律师做出一个回答了。

“我犹豫，是否告诉他。”律师说，人们看见他怎样微微摇动脑袋，也许是为了更多享受莱妮的手的抚摸。布洛克低着头倾听，好像他的偷听触犯了戒律。

“您究竟为什么犹豫？”莱妮问。K 有一种感觉，好像他在听一次练熟了、多次重复的谈话，这种谈话还将要再重复，只是为了布洛克能够不失去他的好奇心。

“他今天表现怎么样？”律师用问话代替回答。

莱妮先没有表态，而是朝下边看布洛克，观察他如何把手向她抬起来，两手乞求地相互摩擦。终于，她认真地点点头，转向律师说：“他安静而且努力。”一个老商人、一个长了长胡子的人，求一个年轻姑娘，为了得到一个对自己有利的证明。这会儿即便他有什么私下的盘算，在旁人的眼睛看来，没有什么能表明他有道理。他几乎使旁观者受到侮辱。K不明白，律师怎么能想到，通过这种表演把他征服。假如他先前没有把K吓着的话，那通过这一幕可能他会达到目的。也就是说，律师的方法产生效果了，幸好K没有长时间在律师的控制下，这个方法就是，委托人最后会忘记全世界，只希望在错误的道路上被继续拖着走到诉讼结束。这不再是委托人了，而是律师的狗。即使律师向他下令，像爬到狗窝里那样爬到床下，而且在那里学狗叫，他也会很高兴这样做。K注意地听着并思考，仿佛有人委托他把这儿说的一切都详细记下来，向高一级机构告发，提出报告似的。

“他整天在那里干什么？”律师问。

“我把他关在女仆的房间里，”莱妮说，“为了让他别打扰我的工作，他一般就待在那里。我可以通过一个窟窿时时盯住他，看他在做什么。他总是跪在床上，把您借给他的文件摊在窗台上读。这给我留下很好的印象；那扇窗户只通到天井，几乎没有阳光。

尽管如此布洛克还是读，这说明他多么听话。”

“我很高兴听到这些，”律师说，“可是他读懂了吗？”在谈话的过程中布洛克的嘴唇不停地动，显然他在无声地表达他希望从莱妮口中得到的回答。

“对此我自然不能，”莱妮说，“准确回答。无论如何我看见，他仔细地读。他一页读一整天，还是用手指指着，一行行地往下看。每当我看他时，他总在叹息，好像读文件使他费了好大劲似的。也许您借给他的文件太难懂。”

“是的，”律师说，“当然不好理解。我也不相信，他明白其中的什么内容。文件应该只给他一种预感，我为他辩护进行的斗争是多么艰巨。我为谁进行过这么艰巨的斗争？——说出来也很可笑，为布洛克。他也应该学会懂得这意味着什么。他不停地研究吗？”

“几乎没有停止，”莱妮回答，“只有一次他向我要水喝。这时我从那个窟窿递给他一杯。然后大约八点时，我把他放出来，给他点吃的。”

布洛克从旁边瞟了 K 一眼，仿佛这儿是在讲关于他的动人故事，而且肯定给 K 也留下印象似的。现在看来他有希望了，不再那么拘谨，双膝跪在地上动来动去。更为明显的是，律师下面一席话却使他说不出话来。

“你夸奖他，”律师说，“但是正是这一点让我更难开口。即法官的意见对他不利，既对布洛克本人，也对他的案子不利。”

“不利吗？”莱妮问，“这怎么可能呢？”布洛克紧张地盯着她看，似乎他相信莱妮有能力，让法官早已说出来的话转为对他有利。

“不利。”律师说，“当我开始谈到布洛克时，他甚至感到不快。‘请您别提布洛克。’他说。‘他是我的委托人。’我说。‘您被人滥用了。’他说。‘我认为他的案子没输。’我说。‘您让人滥用了。’他重复说。‘我不相信。’我说，‘布洛克在案子里很尽心，而且总是盯着案子。为了随时跟上进程，他几乎住在我家里。这样的积极性不是总能找到的。当然他这个人不讨人喜欢，外貌丑陋、肮脏，但是从诉讼的角度无可挑剔。’我说，‘无可挑剔，’我是有意夸张。对此他说：‘布洛克只是狡猾。他收集了许多经验，懂得把案子往后拖。但是他的无知比他的狡猾严重。假如他得知，他的诉讼根本还没开始，假如别人对他说，他的案子开始审理的铃还没响，对此他会说什么？’别动，布洛克。”律师说，因为布洛克正好两腿哆嗦着开始直起身子，显然是想请求解释。现在律师第一次以明确的语言对布洛克说话。他眼睛疲惫地半毫无目的，半向下望着布洛克，在这种目光下布洛克又慢慢跪了回去。

“法官的看法对你毫无意义，”律师说，“不用每一个字都那么害怕。假如再这样，我以后什么也不向你透露。你不能我每讲一句话，都这样看着我，好像现在你的最终判决到来了似的。在这里，我的委托人面前害臊吧！你也动摇了他对我的信任。你到底要干什么？你还是活着，在我的保护之下哪。毫无意义的恐惧！

你在什么地方读到过，在某些案子里最终判决突然从随便谁的口中、在随便什么时间宣布出来。当然有人对它的真实性有所保留，但是同样真实的是，你这么胆小使我很反感，我从中看到你缺乏对我必要的信任。我刚才说什么来着？我重复了一个法官的意见。你知道，围绕着诉讼过程，各种意见众说纷纭，往往看不清楚。比如这个法官认为，这是诉讼开始，我却认为应该从另一时刻算起。只是意见分歧，没有别的。按照旧的习俗，在诉讼进行到某一阶段会摇铃。按照这个法官的看法，诉讼这才开始。我现在不能把所有相反的说法都告诉你。你也不能明白，告诉你这些就够了，有许多相反意见。”律师的床前铺着一块兽皮地毯，布洛克在下边狼狈地用手指揪地毯上的毛，法官说出来的话使他害怕得在律师面前忘记了原先的顺从，他只想着自己，从各方面琢磨法官的话。

“布洛克，”莱妮用警告的口吻说，同时揪住他的衣领，把他拉起来一点，“别揪那毛，好好听律师说。”

第九章　在教堂里

K受委托接待银行的一位意大利商业伙伴，领他参观一些艺术纪念碑。那人对于银行很重要，而且是第一次到这座城市。这是一个委托任务，在其他时间他肯定认为这个委托是一种荣耀，可现在，因为他只有花费好大气力才能保持他在银行的威信，他有点不愿意接受。占去的他在办公室的每一小时都使他苦恼；虽然他已经远不能再那么充分利用办公时间，有时候他只是必须装作真的干活，然而如果他不在办公室里，那他的担忧就更厉害了。那时他会看到，总是在监视他的副经理怎样不时溜进他的办公室，坐在他办公桌后面，翻看他的卷宗，接待那些本来和他多年关系很好的客户，把他们从他那里抢走，也许甚至揭发他的错误，K看到现在在工作中总是受到出各种差错的威胁，可他再也无法避免。因此如果用这样高明的方法委派他出差，或者干脆做一次短期旅行——近来这样的委托任务意外地多了起来——那就有这样的嫌疑，即别人想让他离开办公室一段时期，好检查他的工作，或者至少是人们认为，办公室里没有他也行。本来大多数任务他都可以很容易拒绝，但是他不敢，因为，即便他的担忧哪怕只有一点理由，拒绝任务就意味着承认他害怕。

由于这个缘故，他表面上平静地接受这些任务，甚至有一次他接受为期两天非常紧张的商务旅行时患了重感冒，他也瞒着不说，只是为了不至于因为正好碰上秋雨绵绵的坏天气而耽误了旅行。当他头疼得要命，旅行回来时，他得知，又被安排第二天陪一个意大利商人朋友。至少他非常想这回拒绝一次，特别是这次别人准备派给他的不是和业务有直接关系的工作，对这位朋友尽一次社会义务本身无疑是够重要的，只是不是对 K 来说，他多半明白，只有通过工作成就才能保住位置，而如果他不能成功地做到这一点，即使他出乎意料地甚至让这个意大利人陶醉了，那也就完全没有意义了；他一天也不想被人从工作领域推出来，因为他实在害怕人家不让他再回来，他也知道，他的恐惧是有点夸大了，但是这种恐惧确实压迫着他。在这种情况下，他几乎找不到可以接受的拒绝理由，K 的意大利语知识虽然不很多，但总是够用的；而关键是，K 早年掌握了一些艺术史的知识，而这在银行里又被特别夸大，众所周知，还有 K 在一段时间里，只是出于业务的原因当过保护城市艺术纪念碑协会成员。现在听说那个意大利人是个艺术爱好者，他选择 K 作为他的陪同就是自然而然的了。

那是一个大雨如注的清晨。K 对于他面临的这一天满心怒火，早上七点就来到办公室，为了在客人占去他所有时间之前至少还能完成一些工作。他很累，因为他用了半夜时间研究意大利语法，为了稍稍做些准备。他近来习惯坐在窗户旁边，窗户比办公桌对他的吸引力要大，可是他没往窗户那儿走，而是坐下来工作。可惜正在这时，一个听差进来报告说，经理先生派他来看看，襄理先生是不是已经在了；如果他在，那么请他到接待室来，意大利先生已经到了。“我就来。”K 说，他把一本小字典放在口袋里，胳膊下夹着他为客人准备的城市名胜游览画册，穿过副经理办公室，走进经理的房间。

幸好他这么早就来了，可以一有召唤立即赶到，这一点可能谁也没想到。副经理的办公室自然是空的，和夜里一样，可能听差也来叫副经理到接待室去，可是没找到人。当 K 走进接待室时，两位先生从软软的长沙发上站起来。经理亲切地微笑着，显然他很高兴 K 的到来，他立刻忙着介绍，意大利人使劲握着 K 的手，大笑着说：“某人起床甚早。”K 不太明白他指谁，此外这是一个怪僻的词，过了好一会儿 K 才猜出来这个词的意思。他随便回答了几句，意大利人听了又大笑起来，同时他神经质地一再用手捋他那浓密的铁灰色胡子。胡子上显然是喷过了香水，使得 K 都有点想靠近闻闻。大家坐下来，开始进行初步简单交谈时，K 发觉心中很不安，因为他只能部分听懂意大利人的话。如果他慢慢地一句一句地说，K 差不多全能懂，但是这样的情况很少，大多数情况下他说话简直就像炒豆子似的，又急又快，他还摇晃着脑袋很得意。

说这些话时他还不时使用方言，K觉得那根本就不再是什么意大利语，但是经理不仅懂，而且也说，这一点K当然可能早就预见到了，因为意大利人出生于意大利南部，经理也在那里待过几年。

无论如何K渐渐明白，他和这个意大利人沟通的可能性几乎没有，因为他的法语也很难懂，本来观察口型也许能帮助理解，可是他的胡子把他的嘴唇完全遮住了。K开始预见到还将遇到许多麻烦，他暂时放弃弄懂意大利人的意思的努力——在这么理解他的经理面前，他也用不着费劲了——他只剩下闷闷不乐地观察意大利人了，看他怎样舒舒服服地靠在长沙发上，怎样不时拽他那又短、剪裁得又很时髦的上衣，看他怎样抬起胳膊，手腕懒散地晃动，想要表达什么意思，K尽管身子向前倾，紧盯着手的动作看，还是弄不明白。后来由于K一直无所事事，只机械地看着两人你一言、我一语的谈话，原来的疲惫感觉又回到了他身上，他突然发觉由于自己心不在焉，正好想站起来转身离开时，不禁吓了一跳，幸好他发现得及时。

终于意大利人看了看表，噌地一下站了起来。他和经理告别后，就朝K转过身来，他和K靠得那么近，以至K不得不把沙发往后挪，才能有活动空间。经理肯定从K的眼睛里看出他站在这个意大利人面前的尴尬境地，就赶忙插话，而且他的话插得那么巧妙，那么亲切，给人的印象他只是补充几个小建议，而实际上他把意大利人不停嘴地对他说的全部内容，简要概括地让K明白了。K从经理那里得知，意大利人目前还有其他生意要照管，很遗憾他只有很少的时间，他也绝不想匆匆忙忙地把所有名胜都跑一遍，他更愿意——当然假如K同意由他自己决定的话——只看教堂，但是详细参观。他很高兴，这次参观能有一个如此博学、可爱的先生陪同——这是指K说的。K此刻正不顾别的事，尽量不去听意大利人说的话，而只迅速领会经理刚才的话——意大利人请求K，如果时间合适的话，两小时后，大约十点到教堂。他希望自己在这时肯定已经在那里了。K回答了几句允诺的话，意大利人先和经理握手，然后和K，再后又一次和经理握手，他们两人跟在意大利人后面，意大利人只是半转身面向他俩，可是还一直不停说着话，往门口走去。然后K又和经理待了一会儿，经理今天看起来特别不舒服。他相信，必须向K表示一下道歉，就说——他俩信任地靠得很近——起初他有意自己陪意大利人去，但是后来——他没进一步说什么理由——他决定，最好派K去。如果他不能一开始立刻就听懂的话，他也不必为此困惑，很快就会听懂的，即便一般来说听懂得不多，那也没有关系，因为对于意大利人来说，听懂不听懂根本不那么重要。再说K的意大利文好得出奇，肯定能出色完成任务。他就此告别了K。K应用他还能自由支配的时间，从字典里把在教堂导游必需的一些生僻词汇写下来。这是一件特别麻烦的工作。

听差送来邮件，职员们带着各种问题来，因为看见K在忙着，就停在门边，但是他们并不离开，直到听到K的意见，副经理不放过这个打搅他的机会，经常进来，把字典从K的手中拿过去，显然是毫无意义地翻看。只要门在前厅半明半暗的光线中一打开，甚至客户也犹犹豫豫地弯着腰钻进来，好像要引起他的注意，但是又没有把握，是不是被他看见了似的——这一切都围绕着K转，仿佛他就是中心。可是他自己这时却把他需要的词收集在一起，先在字典里找，然后写出来，再后练习那些词的发音，最后努力把它们背下来。他过去的好记性好像完全没了，有时候他对这个使他如此费劲的意大利人十分生气，以至他把字典塞到纸张下边，下决心再不做准备了，可是后来他又看到，他不能像哑巴似的和意大利人一句话不说在教堂的艺术品前面走来走去，于是他又怀着更大怒气把字典重新抽出来。

正好九点半，他要离开时，电话铃响了，莱妮祝他早安，打听他的情况，K迅速想了一下，告诉她，现在不可能交谈，因为他得到教堂去。“去教堂？”莱妮问。“是呀，去教堂。”“为什么得去教堂呢？”莱妮问。K试着给她简单地解释，但是几乎还没等他开始说，莱妮突然说：“他们让你疲于奔命。”他既没有要求，也没有料到这种同情，K经受不住，只说了再见两个字和她告别，当他把听筒挂到原来的地方时，他一半是对自己、一半是在对话筒另一端的莱妮说：“是的，他们逼得我真紧。”可是他已经再听不见姑娘的话了。

现在已经晚了，几乎有不能及时赶到的危险。坐在汽车里往那里赶时，他还想起那本纪念册，他早先没找到机会交给客人，所以现在带来了。他把纪念册放在膝盖上，一路上都不安地用手指在封面上敲着鼓点。雨下得小了一点，但是外边仍旧很湿，又冷又暗，可能在教堂里看不着多少东西，但是因为长时间站在冰冷的瓷砖地面上，K 的感冒多半会更厉害。

教堂广场完全空无一人。K 回忆起，他还是孩子的时候，就很奇怪，在这个狭小的广场上，几乎所有的房子里窗帘总是垂下来的。在今天这样的天气里，当然这就比往常更不足为奇了。教堂里边也好像是空的，现在进来自然不会引起任何人注意。K 走过两边的厢堂，只碰见一个围着暖和的披肩，跪在玛利亚像前，凝望着圣像的老太太。然后他还看见在远处一个仆人一瘸一拐地消失在厢堂的门里。K 准时到了，当他往教堂里走时，时钟正好到十点，可是意大利人还是没来。K 又回到主要的入口，在那里犹豫不决地站了一段时间，然后在大雨中，围着教堂走了一圈，为了看看意大利人会不会在哪个侧门口等着呢。哪儿也没发现他。是不是经理把约定的时间弄错了？有谁敢保证自己能正确无误地理解那个意大利人的话呢？但是不管事情是怎么样，无论如何他还得等着意大利人，至少等上半个钟头。因为他觉得累了，很想坐下，就又走进教堂里，在一蹬阶梯上找到一块地毯样的小碎片，用脚尖把它钩到附近的一张长凳前面，裹紧大衣，竖起领子，坐了下来。为了转移注意力，他打开纪念册，在里边随便翻看，但是很快他又合上了，因为光线太暗，以致他抬起头来，朝旁边很近的厢堂看时，几乎什么都分辨不出来。

远处的主祭坛上大三角形的烛光闪烁，K 好像不能确定，他是不是已经早就看见了圣烛。也许它们是现在才点着的。教堂的杂役由于职业习惯总是轻手轻脚的，别人发觉不了他们。当K偶然转身时，发现在他身后有一支固定在柱子上的大蜡烛同样在燃烧。这情景多美呀，可是要照亮挂在黑暗中两侧的小祭坛上的画像，那光线还是远远不够，只是使原来暗的地方更加昏暗了。意大利人没来，这行动既不够礼貌，又是明智的，因为本来就什么也看不见，只能满足于用K的手电筒照着，零零星星地搜寻几幅画像。为了尝试，是否像他估计的那样，K走近旁边的一个小礼拜堂，登上几级台阶，直到走到一个低矮的大理石胸像那里，他把身子弯下来，向前探出，用手电筒照祭坛画。祭坛前的一盏长明灯的光飘忽不定，有时和K的手电筒的光交织在一起。K第一个看到，或者只部分猜出来的是一个身材魁梧、佩戴盔甲的骑士，他被画在画像的边缘。骑士倚在他刺进面前光秃秃的——只星星点点地长出些草——土地里的一把宝剑上。他看来在注意看着面前发生的事件。令人吃惊的是，他就这么站着，没有接近。也许他是受命守卫的。K已经好长时间没有看画了，他观察了骑士比较长的时间，虽然他不得不一再眨眼睛，因为忍受不了灯的绿光。当他后来又把光掠过画的其他部分时，他发现了这是通常版本上画的基督入殓的情景，此外这是新近画成的一幅画，他把手电筒装起来，又回到他的座位上。

多半已经不必再等意大利人了，但是外边肯定还是大雨如注，因为这儿不像K预计的那么冷，他决定暂时留在这儿。他的旁边就是大布道坛，在它的小圆顶上安装了两个斜搭着的中空金色十字架，尖端处相互交叉。栏杆的外沿和连接柱廊的石墙上雕着花叶形的雕饰，枝叶之间还雕刻了许多小天使，有的活泼，有的安详。K 走到布道坛前，从各个侧面察看它，石雕十分精致细腻，花叶之间和叶子后面有一个个黝黑的小洞，这黑暗像是被捉住，再也逃不掉。K 把他的手放到这样的洞里，然后小心地触摸石头，他过去一直不知道有这个布道坛存在。这时他偶然发觉，在下一排凳子后边有一个教堂杂役，杂役身穿一件有褶皱的垂地长袍，左手拿着一个鼻烟盒，正在观察他。“这究竟是个什么人呢？”K 心想，“我引起了他的怀疑吗？还是他想要小费？”但是当杂役看到 K 发觉了他时，就用手指之间还拿着一点烟草的右手指向不知什么不确定的方向。他的动作几乎让人弄不明白，K 又等了一会儿，但是杂役还是不停地用手指着，想表达什么，而且还是通过点头来加强这个意图。“他到底要什么？”K 小声地问，他不敢在这里喊叫；然后他抽出钱包，从长凳中间挤过去，想走到那个杂役那里。但是那人立刻用手做出一个拒绝的动作，耸耸肩，就一瘸一拐地走开了。K 小时候常常想模仿骑马的人，迈的也是这样的步态，像这人一样急匆匆一颠一跛地走。“一个稚气未脱的老头，”K 想，“他的智慧只够用来做教堂杂务。我在这儿停住，他就也停留在这儿，而且盯着看我是否想继续走。”K 微笑着跟着老头走过整个侧殿，几乎一直走到通往祭坛的最高处，老头还没有停止指示什么，可 K 故意不转身，老头指示的目的不是别的，只是让 K 别跟着他。

终于 K 离开了他，他不想让老头太害怕，另外他也想，万一意大利人一会儿来到，看见这个场面会很尴尬。

他走进中堂，寻找他的座位，他刚才把纪念册忘在那个座位上了，这时他发觉，紧挨着唱诗班的座位的柱子旁有一个小布道堂，非常简陋，是用光秃秃的浅色石板建造的。它那么小，从远处看，就像一个还是空的、为了安放圣像用的小壁龛。布道者想从栏杆前退后一大步都很困难。石砌的拱顶边缘出奇的低，没有任何装饰，虽然顶端呈弧形，可是一个中等个子的人站在那儿也直不起腰来，而是不得不一直弯下身子俯在栏杆上。整个设施像是为了折磨布道者而设计的，为什么需要这个布道坛，不可理解，因为的确有其他的、更大的，而且非常艺术化装饰的可供使用。

要不是上边有一盏灯固定在那里，像布道前不久人们习惯准备好的那样的话，这个小布道坛本来肯定不会引起 K 注意。现在难道应该举行一次布道吗？在这个空空如也的教堂里？K 从台阶望下去，台阶紧靠着柱子通向布道坛，那么狭窄，仿佛不是为了走人，而只是柱子的装饰似的。但是挨着布道坛下边，K 吃惊地微笑着，神职人员真的站在那儿，手抓住栏杆准备上来，而且望着 K。然后他向 K 微微点头，对此 K 在胸前画了一个十字，弯腰鞠躬，他早就该这么做了。神父一跃，迈着小碎步飞速走上布道坛。真的是布道开始了吗？也许那个教堂杂役还没有完全丧失理智，想把 K 带到神父这里，这在空无人烟的教堂里自然是特别必要的。此外在圣母像前的一个什么地方还有一个也应该过来的老太太。

如果布道已经开始，为什么作为引导的管风琴演奏没有开始？但是管风琴一直静静地立着，一排排大管子在黑暗中闪着微弱的光。

K想，他现在是否不应该忙着离开，可如果他现在不走，就不能指望在布道的过程中可以干什么事，那么在布道的过程中，他就不得不留在这里，在办公室他已经浪费了那么多时间，等那个意大利人，他早就没有这个义务了，他看看表，是十一点。但是真的会布道吗？K能够单独一个人代表全体教徒吗？如果他只是一个想参观教堂的陌生人，怎么代表呢？从根本上说他就是如此。现在大约十一点，在这么一个坏天气中的工作日，将会布道，这个想法实在荒唐。神父——无疑是个神父，是一个年轻人，长着一张没有表情的黑脸——走上来，显然只是为了熄灭那盏错误点燃的灯。

但是事实并非如此，神父更多是检查灯，把它又拧亮一点，然后他慢慢转身面向石头栏杆，他从前边用双手抓住石头栏杆带棱角的边缘。他这么站了一会儿，环顾四周，但是头没有转动。K向后退了一大段距离，胳膊肘支在最前边的长凳上。目光游离地看什么地方，他不能确定是哪里，他看着驼背的教堂杂役像是干完了活，自在地蹲在地上歇息。现在教堂里多么寂静啊！但是K不得不打破它，他无意留在这里；如果神父的职责是在一定的时间，不用顾及周围环境就布道的话，那他就做吧，没有K的帮助也行，同样地，K的在场肯定也不能提高布道的效果。于是他慢慢开始行动，踮起脚尖沿着长凳摸索着往外走，然后来到宽敞的主要通道上，在那里他也没受到任何干扰，只有石头地面在轻轻的脚步下发出的声音和声音传到拱顶发出微弱，但不停顿的、有规律的回声。K 觉得有点孤独，当他从空空的长凳之间单独一人穿过时，神父也许在观察他，他也觉得教堂的空旷已经到了人能够忍受的极限。当他向他原来的座位走时，他确实是没有多加停留，就直接奔向他留下纪念册的地方，把纪念册拿起来。直到他听到神父的声音时，他几乎还没有离开长凳的区域，接近凳子和出口之间的一块空地。一种训练有素的声音。它如此洪亮地穿过宽敞的大教堂，哪里都能听到！但是神父喊的不是教徒，非常清楚，没有回避的余地，他喊道："约瑟夫 • K!"

K 停住了，看着面前的地面。暂时他还是自由的，还可以接着走，穿过前面离他不远的三扇深色的小木门中的一扇走出教堂。这既可以意味着他没听懂，也可以意味着他虽然明白了，但是不想理会这事。可是倘若他转身，就将被留住，因为然后他就等于承认，他听明白了，他就是被喊的人，他也愿意听从召唤。如果神父再喊一声，那 K 肯定就走开了，不过在 K 等待的这段时间里，这儿一直很寂静，他就真的稍稍回了回头，因为他想看看，神父现在在干什么。神父像刚才一样安静地站在布道坛上，可是可以清楚地看出，他发觉 K 回头了。假如 K 没有完全转过身去，那就是孩子玩的捉迷藏游戏了。他转过身去，神父用手指示意他走近些。因为这时一切都没有必要回避了，他就迈着大步朝布道坛跑去，他这样做既是因为好奇，也是为了缩短了解这件事的时间。K

在前几排长凳那里停住脚步，可是神父仍然觉得距离太远，他伸出手，用食指垂直指向紧挨着布道坛前面的一个位子。K照办了，在这个位子上他不得不把头向后仰着才能看见神父。

“你就是约瑟夫·K?”神父说着一只手随便挥了一下，放到了栏杆上。

“是的。”K说，他想到，以前他多么公开说出自己的名字，自从一段时间以来，名字成了他的负担，现在他第一次谋面的人也知道他的名字，要是先自我介绍，然后才被人认识多好呀。

“你被控告了。”神父说的声音特别轻。

“是的，”K说，“别人这么通知我的。”

“那你就是我要找的人，”神父说，“我是监狱神父。”

“哦，原来如此。”K说。

“我让人把你叫到这儿来，”神父说，“为了和你谈话。”

“我不知道这事，”K说，“我到这儿来，是为了领一个意大利人参观教堂。”

“把次要的事先放下。”神父说，“你手里拿着什么？是祈祷书吗？”

“不是，”K回答，“是一本城市名胜画册。”

“那把它从手中丢开。”神父说。K把画册使劲一扔，画册被打开了，随着散乱的篇页掉在地上，向前滑行了一段。

“你知道吗？你的案子不妙。”神父问。

“我觉得看起来是这样。”K说，“我尽了一切努力，但是到今天为止没有效果。当然我的申诉还没有完成。”

“你怎么估计最后的结果？”神父问。

“以前我想，结果必定是好的，”K说，“现在有时我自己也怀疑这一点。我不知道，将会怎么结束。你知道吗？”

“不知道。”神父说，“但是我担心结果会更坏。他们认定你有罪。你的案子也许根本不会经过低级法院上来。他们至少目前认为你的罪已经证实了。”

“但是我没有犯罪。”K说，“那是一个误会。一般来说一个人怎么可能有罪呢？在这儿我们大家都是人，一个人和其他人一样。”

“说得对。”神父说，“但是罪犯惯于这么说。”

“你对我也有偏见吗？”K问。

“我对你没有偏见。”神父说。

“那我感谢你，”K说，“可是所有其他参与诉讼程序的人都对我有偏见。他们又影响了没参与的人。我的处境变得越来越困难了。”

“你误解了事实，”神父说，“判决不是一下子做出来的，诉讼程序渐渐进行到判决。”

“噢，原来是这样。”K说着低下了头。

“下一步你想在你的案子里做什么？”神父问。

“我还是想寻求帮助。”K说着又抬起头，想知道神父怎么表态，“还有某种我没有利用的可能性。”

“你找了太多的外力帮助，”神父不同意地说，“特别是在女人那里。难道你没发觉，那不是正当的帮助。”

“在有些时候，甚至大多数情况下，我可以同意，你说得对，”K说，“但是不是永远正确。女人有很大的能量。如果我能够动员我认识的女人，和我一道为我工作，那我就必定成功。特别是在这个法院，几乎全是好色之徒。只要让预审官看见，远处有一个女人，他就会撞翻法庭的桌子，撞倒被告冲过去，只为了及时奔到那个女人那里。”

神父把头朝栏杆低下去，现在他才感到布道堂低矮的屋顶的压迫。外面多半还是那种鬼天气吧？不再是阴沉沉的白天，而已经是夜幕降临。微弱的光线不能穿透大窗户上的玻璃画照亮黝黑的墙壁。而这个在这时候，教堂杂役把主祭坛上的蜡烛一支接一支地熄灭了。

“你生我的气了啊？”K问神父，“你也许不知道，你服务的是一个什么样的法庭。”他没有得到回答。“当然这只是我的经验。”K说。上面一直还是寂静无声。“我不是想侮辱你。”K说。

这时神父向下边冲K喊：“你难道就不能看得远一点吗？”这是愤怒的喊叫，但同时也是如同看到一个人不小心跌倒时不由自主发出的喊声，因为他自己也吓了一跳。

两个人沉默了好久。在下面的一片黑暗中神父肯定不能清楚地认出K来，而K在小灯的光线中清楚地看着神父。为什么神父不到下边来？他也没布道啊，而只是给K一些消息，如果K仔细注意一下的话，这些消息可能害处多于用处。但是对 K 来说可能不怀疑神父的好意，这也不是没有可能的，假如神父走下来，和 K 达成一致，甚至也还有可能，K 从神父那里得到关键性的、可接受的建议，比如指点他，不要企图影响案件的审讯，而是如何从案子中脱身，如何绕过案子，在案子之外能够自由自在地生活。这些可能性想必存在，K 最近常常想到它们。倘若神父知道有一个这样的可能性，如果 K 求他，那他也许会把可能性透露出来，尽管他自己属于法院，尽管当 K 攻击法庭时，他违背自己温和的天性，甚至向 K 大喊大叫。

“你不想下来吗？”K 说，“你不必布道了。下来，到我这儿来吧。”

“现在我已经可以下来了。”神父说，也许他为他的喊叫有点懊悔。他一边从钩子上把灯摘下来，一边说：“我必须开始时保持一段距离和你谈话。否则我很容易受影响。忘记我的职责。”

K 站在下面的台阶上，等着神父。神父在向下走的过程中，还在上一级台阶上，就把手朝 K 伸过来。

“你能抽点时间给我吗？”K 问。

“你需要多少时间，就有多少时间。”神父说，并把小灯递给 K，让他拿着。就是靠近看，他的某种严肃的天性也没有消失。

“你对我非常友善。”K 说，他们并排在昏暗的侧堂里走来走去。“你是所有属于法院的人中的一个例外。我对你比对任何一个我已经认识的人更信任。我可以坦率地和你谈话。”

“别欺骗自己。”神父说。

“我怎么会欺骗自己呢？”K 问。

“在法院你可是一直在欺骗自己。”神父说，“在法律的序言中就谈到这样的欺骗：在法律前面有一个守门人。一个乡下人来到守门人面前，请求让自己进去。但是守门人说，现在不能允许他进去。那人想了一会儿，然后问，那么他是否可以进去？‘可能吧，’守门人说，‘但是现在不行。’因为法律的大门一直敞开着，守门人走到旁边，那人就弯下腰，想通过大门看见里边。当守门人发现后，他笑了，并且说：‘如果那里那么吸引你，尽管我禁止，你也试试往里走呀。可是记住：我的权力很大。而且我还只是最下一级的守门人，从一个大厅到另一个大厅，守卫可是一个比一个权力更大。那第三个守卫权力大得看一眼我都受不了。’乡下人没有估计到这么困难，他本想，法律应该每个人都随时摸得着，可现在他仔细地看着那个穿着皮大衣的守门人，他的大尖鼻子，他那细长、稀疏、黑黑的鞑靼胡子，他决定宁可等着。直到得到进门的许可。守门人给了他一个小板凳，让他在门旁边坐下。他在那里坐了一天又一天，一年又一年。他一再试图请求让他进去，他的恳求让守门人都厌烦了。守门人不时对他进行简单的讯问，打听关于他家乡的事，和许多别的情况，但是都是些无关痛痒的问题，像许多大人物向小人物提问题时那样，最后他总是一再对乡下人说，还是不能让他进去。那人为了这次旅行带了好多东西，为了贿赂守门人，拿出了一切，不管多么贵重。守门人虽然都收下了，但是这时却说：‘我收下这个是为让你不要以为疏忽了什么事情。’在这些年里，那人几乎没有停止观察这个守门人。他忘记了其他守门人，他觉得，这第一个是他进入法律的唯一障碍。他咒骂这倒霉的偶然性，起初大声骂，后来，他老了，只能自己嘟囔。他变得幼稚了，因为他在对守门人的长年研究中连他皮衣领子上的跳蚤都认识了，他就请求跳蚤帮助他，说服守门人。终于他的眼光变得微弱，他不知道，是不是天真的变暗了，还是他的眼睛欺骗他。但是可能现在他在昏暗中也看出，一束永不熄灭的光亮从法律的大门里放射出来。现在他活不了多久了。在他死前，所有时间里的经验在他脑子里汇集成一个他至今为止还没有向守门人提出的问题。他示意守门人到他这儿来，因为他僵硬的身躯再也直不起来了。守门人不得不低俯下身子听他讲话，因为高度的差别形势变得似乎有利于乡下人了。‘你现在到底还想知道什么？’守门人问，‘你没有满足的时候。’‘大家都追求法，’乡下人说，‘怎么会这么多年里除了我之外，没有一个人要求进去。’守门人看出，这人已经到了最后时刻，为了让他即将消失的听觉能听见，守门人对他大声吼道：‘在这里以外没有人得到进门的允许，因为这个入口就是为你而开的。现在我去，把它关上。’”

“那么说守门人欺骗了那个乡下人。”K立刻说，他被这个故事强烈地吸引住了。

“别那么匆忙，”神父说，“不要不加检验就接受别人的意见。我按照原文写的一字一句给你讲了这个故事。里边没有提到什么欺骗。”

“可是这是显而易见的，”K说，“你的第一个解释完全正确。直到拯救的消息对乡下人不能再有任何帮助时，守门人才把消息告诉他。”

“他早先也没问，”神父说，“你也想想，他只是一个守门人，作为守门人，他履行了他的职责。”

“为什么你认为，他履行了他的职责？”K问，“他没有履行。他的职责也许是拒绝所有陌生人，但是这个人，入口是为他开的，本来必须让他进去。”

“你对原文没有足够注意，而且篡改了故事的意思。”神父说，“故事包含守门人关于进入法律大门的两句重要解释，一句在开头，一句在末尾。第一处是这么说的：‘现在不能允许他进去。’第二句是：‘这个入口就是为你而开的。’假如这两个解释之间存在矛盾，那你说对了，守门人是欺骗了乡下人。可是现在不存在矛盾。相反，第一个解释暗示出第二个。人们几乎可以说，守门人越出了他的职权范围，因为他向那人提出了一种将来进入的可能性。当时他的职责似乎只是拦住那人。事实上许多文章的阐释者对此都感到惊奇，守门人竟然做了那样的暗示，因为他看样子循规蹈矩，忠于职守。这么多年他都没有离开岗位，直到最后才把门关上，他很明白他的职务的重要性，因为他说：‘我是有权的。’他敬畏上级，因为他说：‘我只是最下级的守门人。’涉及履行职责的问题，他既不会被打动，又不会被激怒，因为如文中说到那个乡下人，‘他的请求使守门人厌烦了。’他不多嘴，因为在那么多年中，他只提出几个，如文中所写‘无关痛痒的问题’。他不受贿，因为关于礼物，他说：‘我接受，只是为了你不会认为疏忽了什么事情。’最后他的外表也暗示着一种迂腐的性格，他的大尖鼻子，细长、稀疏、黑黑的鞑靼胡子。还能有这么忠于职守的守门人吗？但是在他的身上还掺杂有另一些性格，对于要求进入许可的人很有利，这也使人可以理解，他能够超越职权范围，在那个暗示里指出未来的可能性。也就是说，不可否认，他有点头脑简单，随之而来的也有点自负。他说过关于他的权力，关于其他守门人的权力以及甚至他都不敢看一眼的那些话，即便他说的这几句话是正确的，他说话的样子也说明，简单和自负使他的理解力受到损害。阐释者补充说：对一件事情的正确理解和对同一件事情的误解不完全相互排斥。但是不管怎么说，必须想到，那种简单和自负，尽管表现得不太明显，却削弱对入口的看守，这是守门人性格中的缺陷。再加上守门人看来天生友善，并不总像一个官职人员。他第一眼看见那人时，就开了一个玩笑，邀请那人不妨在严格禁止的情况下往里进，然后又没把那人赶开，而是还给了他一个板凳，让他在门旁坐下。他这么多年来对那人的请求的容忍，简短的讯问，接受礼物，听任那人在身旁大声咒骂倒霉的命运时表现出的宽宏大度，这一切都出于同情心。不是每个守门人都会这么做的。最后他还听从那人的手势，低低俯下身去，给那人提最后一个问题的机会。只是在话语中——守门人已经知道，一切都结束了——有一点点不耐烦：‘你没有满足的时候。’有的人在解释中走得更远，认为‘你没有满足的时候’这句话表达了一种友好的赞赏，自然没有摆脱居高临下的态度。不管怎么说，得出的结论是，守门人这个形象不是你认为的那样。”

“你对故事了解得比我详细。而且时间也长。”K说。他们沉默了一会儿，然后K说：“那么说你不认为那人受了欺骗？”

“别误解我的意思，”神父说，“我只是告诉你关于这个故事的一些看法。你不必太在乎这些看法。原文不会变的，看法只是对此绝望的一种表达。在这里甚至有一种看法，守门人正是被欺骗的。”

“那走得太远了。”K说，“怎么说明理由呢？”

“理由，”神父回答，“归结为守门人的头脑简单。人们说，他不了解法律大门里边，只认识入口处前他必须走来走去的路。他对于里边的情形的设想是幼稚的，人们估计，他想让那人害怕的，自己也怕。甚至他比那人更害怕，因为那个人只是想进去，没有别的打算，即便他听说大门里边的守门人多么可怕，他也一心一意要进去，而守门人相反不想进去，至少没听到他有这个打算。另一些人虽然说，他肯定已经在法律大门里面待过，因为他确实受雇为法服务，那只有进到里边去才可能。对于这种意见回答是，他也许是通过里边的呼唤被指定当守门人的，至少他没能深入里边，因为第三个守门人的眼光他都不敢看。此外也没有听说，在这么多年里他除了说到守门人外，没有讲到任何里边的情形。也许是禁止泄露，可是也没说起一点这个禁令呀。从这些得出结论，他对于里边的样子和作用毫无所知，也是处于被欺骗的境地。但是关于这个守门人的情况，他也是蒙在鼓里，因为他从属于乡下人，自己不知道。他把乡下人当作下属对待，可以从很多地方看出来，你应该还回忆得起来。但是他事实上从属于乡下人，按照这种看法，也同样很明显，首先是自由人比受束缚的人优越。那么乡下人事实上自由，他可以想去哪儿，就去哪儿。只是禁止他进到法律大门内，而且还只是被个别人、被守门人拦着。如果说他坐到门旁边小板凳上，一辈子都留在那里，那也是出于自愿，故事没讲到任何强迫。守门人就相反被他的职务捆在岗位上，他不能离开半步，看来也进不到里边去，尽管他想进去。再说他虽然是为法服务，也只是守着这个大门口，也就是说只为大门口专门为他而开的这个人服务。从这个理由说，他也是从属于乡下人的。可以预见，这么多年，整个壮年时期他都白白在这里守着，因为有人说了，有一个人要来，也就是说，等到一个人长大成年，守门人在他的目的达到之前，必须等好久，而且不得不等这么长时间，直到这人高兴，确实自愿来。然而服务期限的结束也取决于这人活得长短，即一直到最后他仍然从属于这人。而且还是一再强调，关于这一切守门人似乎都不知道。这么一来，按照这种看法，说守门人处于更严重的蒙蔽中，就没什么可奇怪的了，这涉及他的职务。最后他还说到法律的大门，他说‘现在我过去把门关上’，但是开头是说，法律的大门像往常一样是敞开的，但是说它总是开着的，即不取决于专门为他敞开的那个人活得长短，那么守门人也没办法关上。对于这一点有各种分歧意见，是否守门人宣布他要关门，只是给一个回答，或者强调他的职责，或者想让那人在最后一刻还懊悔和悲伤。在这里许多人一致认为，守门人不能去关门。他们甚至相信，他至少在最后明白了，他不如乡下人，因为乡下人看见了法律大门里边的闪光，而守门人作为守卫，多半此刻背对着大门站着，也没有任何描述表明，他发觉了这个变化。”

“讲得很有道理，”K说，他声音不高，独自重复着阐释的个别论点，“解释得很有道理，而且现在我也相信，守门人被欺骗了。但是我并没有因此改变我原先的看法，因为二者部分一致。守门人是清楚还是受骗并不是关键。我说过，乡下人是被欺骗的。假如守门人清楚内情，也许有人对此怀疑，但假如守门人被骗了，那他的欺骗多半必然会转嫁到乡下人身上。那么守门人虽然不是骗子，但是他这么简单，肯定立即会被赶出他的岗位。然而你必须想到，守门人置身其中的骗局对他没有什么伤害，而对乡下人却伤害极大。”

“在这儿你碰到了相反的意见，”神父说，“即有些人说，故事没有给任何人评判守门人的权力。不管我们觉得他怎么样，他总是法的仆人，也就是说属于法，即不受人性的评判。那么也就不能认为，守门人从属于乡下人。他虽然因为职务的缘故得守在法律的大门口，不能离开，却是在世界上自由自在生活的人无法比的。乡下人才到法律这儿来，守门人已经在那里了。他是被法律派到这里的，对他的尊严的怀疑，就是对法律的怀疑。”

“我不同意这个看法，”K说着摇摇头，“因为如果接受这种意见，那就意味着守门人说的都是真的。但这是不可能的，你自己也详细论证过了。”

“不，”神父说，“人们不必认为一切都是真的，只要认为一切都是必要的。”

“令人沮丧的观点。”K说，“谎言成为世界的秩序。”

K以这句话作为结束，但不是他的最终判断。他太累了，不能综观故事的结论，这也是不寻常的思路，不现实的东西把他引导到这些思路中，这些问题更适于在法官的圈子里交谈，不适合他。简单的故事变得奇形怪状，他想摆脱它，神父这时表现得很温和，听任他这么说，默默地接受了K的说法，尽管他自己的意见肯定与此不同。

他们一声不吭又继续走了一阵，K紧贴在神父身旁，在黑暗中不知道自己在哪儿。手中的灯早已熄了。就在他前面正前方一个圣徒的银色立式雕像闪光，只是闪了一下银光，马上又转入黑暗。为了不至于仍旧完全依赖神父，K问他：“我们现在是不是在大门口附近？”

“不是，”神父说，“我们离大门很远。你想马上就走吗？”

虽然K现在没有正好想到这点，但他立刻说：“当然，我必须离开。我是一家银行的襄理，别人等着我呢，我到这儿来，只是为了陪一个外国人参观教堂。”

“那好，”神父说着把手伸给他，“那就走吧。”

“可是我在黑暗中找不到出去的路。”K说。

“往左走到墙那儿，”神父说，“然后沿着墙走，别离开，你就会找到出口。”

可是神父刚刚走了几步，K就大声喊道：“请等一等。”

“我等着。”神父说。

“你不想从我这儿得到点什么吗？”K问。

“不。”神父说。

“你原来对我那么友好，”K说，“而且给我讲了一切，可是现在你让我走，仿佛对我不感兴趣似的。”

“你确实需要走了。”神父说。

“那好吧，我走，”K说，“你可看清楚。”

“你先看清楚，我是谁。”神父说。

“你是监狱神父。”K说着往神父那里走近一点，马上返回银行不是像他刚才说的那么必要，他还可以留在这里好好待一会儿。

“那么说我属于法院。”神父说，“那我为什么应该对你有要求？法院对你没有任何要求。如果你来，它就接待你，如果你走，它就让你走。”

第十章　结尾

在他三十一岁生日的前一天晚上——晚上九点左右，街上安静的时刻——两位先生来到 K 的寓所。他们脸色苍白，体态臃肿，身穿男式小礼服，头戴好像脱不下来的大礼帽。在大门口客气一番之后，因为是第一次来，又在 K 的门前重复客套了半天。虽然这次拜访没有事先通报，K 同样身穿黑衣服坐在门附近的一张椅子上，慢慢戴上紧箍着手指的新手套，像是等待客人的姿态。现在 K 立刻站起来，好奇地看来人。

“这么说，你们是为我来的？”他问。

先生们点点头，每个人用手中的帽子指着另一个人。

K 心中对自己说，他等的是另外的客人。他走到窗户旁，又一次望着昏暗的街道。街道的另一边几乎所有的窗户也都还是黑着，许多窗户里挂着窗帘。在楼层里一扇有亮的窗户里，两个小孩在一道栏杆后边玩耍，他们还不能挪动地方，只能把小手伸向对方。

“他们把无关紧要的老演员派来找我。”K 说着往四周看看，想再一次证明自己的判断，“他们企图用最省劲的办法把我打发了。”

K 突然转向他们两人问：“你们演的是什么戏？”

“演戏？”其中一个人问，他嘴角抽动了一下，好像向另一个人求助。另一个人装得好像是正在拼命克制面部肌肉痉挛的哑巴。

“他们没有准备接受询问。”K 对自己说，就走过去取他的帽子了。

还在楼梯上，那两个先生就想抓住 K 的胳膊，但是 K 说：“等到巷子里再说，我不是病人。”但是在门前他们立刻就用这样一种方式抓住 K 的胳膊，K 还从来没有和别人这样一起走过。他们把肩膀从 K 的肩膀后边紧紧顶住，但是并不把胳膊弯曲，而是伸直了，扭住 K 的整条手臂，以一种训练有素、无法反抗的方式，一下子把 K 的手抓住。K 被夹在中间僵硬地走，现在三个人构成这样一个整体，假如把他们中的一个人打倒，那大家就会一块倒下。几乎只有无生命的东西才能构成这样一个整体。

在街灯下，尽管这样紧紧并排走着，做起来很困难，K 还是几次试图看清他的同伴，比在他房间的昏暗中能够看到的更清楚点。“也许是男高音歌唱家。”K 在看到他们的双下巴时想。他看到他们白净的面孔感到恶心。他仿佛还看到，他们用干净的手在眼角处抚摸，按摩他们的嘴唇，去除下巴上的褶子。

当 K 发觉这点时，他站住了，接着另两个人也停下来；他们来到一个空无一人，有绿地、花坛等设施的广场边缘。“为什么他们正好把你们派来？”他与其说是问，不如说是叫喊。那两个先生好像不知道回答，他们垂着另一个空着的胳膊等着，就像当病人想大喊大叫时护工那样。“我不再往前了。”K试着说。对此先生们用不着回答，他们只要不松开手，并且想法把K从这个地方拉开就够了，但是K挣扎着。“我不会再需要多少力气了，我现在就都用上。”他想。他想到带着残缺的腿拼命想从粘蝇纸上挣脱的苍蝇：“先生们还将有很重的工作。”

突然在他们面前毕斯特纳小姐的身影出现在由一条深深的偏僻小巷通向广场的小台阶上。不能肯定是否是她，可是很像。但是K没在意，是不是一定是毕斯特纳小姐，只是他立即意识到自己的抵抗毫无意义。即使他反抗，即使他现在给先生们制造困难，即使他现在试图在抗拒中还享受生命的最后光芒，那也不是什么英雄行为。他开始挪动步子，他由此使先生们感到的轻松，现在也有些传到他自己身上。他们现在容忍他，让他指路，他选择的是毕斯特纳小姐在他们前面走的那条路。不是因为他想追上她，也不是因为他想尽可能多看她一会儿，而是因为不忘记她给他的提醒。“我现在唯一能做的，”K对自己说，他的步伐的节奏和另外两个人的完全一致，这证实了他的思想，“我现在唯一能做的，就是直到最后保持冷静和理智。我总是想用二十只手一下子抓住世界，再说我的目标也不容易达到。这不对，难道我应该让人看到，一年的诉讼就没有能让我得到什么教训吗？难道我作为一个反应迟钝的人离开吗？难道能让人在我身后说，我在案件开头就想让它结束，现在在末尾又想让它重新开始吗？我不想让人这么说。我对此表示感谢，人们派了这些半哑半痴的家伙陪我走在这条路上，人们留给我机会，对自己说出必然的结果。”

在此期间毕斯特纳小姐拐到旁边的一条巷子里，但是K已经能够离开她，把自己交给他的陪伴者了。于是三个人步伐完全一致地走过月光下的一座桥，K做的每一个小动作，现在先生们都甘愿服从，当他稍微向栏杆转一下身时，他们也一齐往那边转。在月光下闪着银光、掀起涟漪的河水包围着一个小岛，岛上长着茂密的大树和灌木，枝叶都挤在一起。树丛底下有几条砾石小路，现在看不见，路边安放着舒服的长凳，K在夏天里有时四肢摊开，惬意地躺在上面休息。“我可根本没想停下来。”K说，对于他们的顺从有点不好意思。其中一个似乎在K的背后由于错误的理解而停步稍稍埋怨了另一个人一句，然后他们继续往前走。

他们穿过几条通往高处的小巷，小巷里到处有警察巡逻，一会儿走远，一会儿走近。一个警察蓄着浓密的大胡子，手抓着军刀，走过来，好像有意接近不是毫无嫌疑的这群人。两个先生停下来，警察好像已经开口说话，这时候K却使劲拽着那两个人往前走。他还小心地不断回头张望，看警察是不是跟在后边；但是当他们拐过街角，警察看不见他们时，K就开始跑起来，两个先生虽然都喘不过气来，也只得跟着跑。

于是他们很快出了城，在这个方向城市和田野相连，几乎没有中间地带。在还像是城市的房屋旁边有一个荒废的、被遗弃了的小采石场。先生们在这里停下来，仿佛这个地方从一开始就是为这个目的而存在的，仿佛他们已经筋疲力尽，再不能往前跑了。他们把 K 松开，K 不出声地等着，他们一边摘下大礼帽，用手绢擦去额头的汗，一边环顾采石场周围。月光以其他光线所没有的自然和安宁照耀着大地。

就谁先执行任务，两人客套了一阵后——先生们好像接受任务时没分工——一个人朝 K 走过来，脱下他的外套、马甲，最后是衬衫。他不由自主地冷得打哆嗦，一个先生轻轻拍拍他肩膀表示安慰。然后他把衣服小心地收拾到一起，好像以后还用得着似的，尽管最近用不着。为了让 K 在越来越冷的夜风中不再发抖，他从 K 的肩膀下夹着他，和 K 一起悄悄来回走了一会儿；另一个人在采石场上搜寻合适的地方。当他找到之后，就示意第一个先生把 K 带过来。那地方靠近开采出来的断裂面，一块采下来的大石块滚落在地上。先生们让 K 坐到地上，背靠着石头，让他的脑袋枕在最上面。尽管他们费了不少劲，尽管 K 表现出对他们十分顺从，他的姿势还是很被迫似的，看了令人很别扭。因此一个先生请求另一个先生，让他独自摆弄 K 的姿势，可是也没能更好一些。最后他们让 K 停留在并不比刚才的情形更好的状态。然后一个先生解开他的男式小礼服，从挂在背心皮带上的一个刀鞘里抽出一把长长的、很薄、两面都很锋利的屠夫用的刀，高高举起，在月光下检验刀锋利的程度。

他们又开始令人讨厌的客套，一个人从 K 头顶上把刀递给另一个，那个人又把刀越过 K 的头顶，递回给这个人。这时候 K 意识到，他的义务是，当那把刀在他头顶从一只手到另一只手传来传去的过程中，自己抓住刀，刺进自己胸口。不过他没有这样做，而是转动尚能自由活动的脖子，四处看。他不能完全经住考验，没能帮助官方完成全部工作，他为这最后的错误负责，这错误使他丧失了必需的勇气。他的目光落在紧挨着采石场的房子的最高一层楼上。那儿灯光一闪，于是那儿的一扇窗户打开了，在远远的高处，一个瘦弱的人一下子把身子探出好远，胳膊伸得更远。那是谁？一个朋友？一个好人？一个有同情心的人？一个想帮助他的人？只是单独一人？还是整个人类？还有能帮忙的吗？还有已经被人遗忘了的不同意见吗？异议肯定是有的。逻辑虽然是不可动摇的，但是它不能违背一个想活的人的意愿。他从没见过的法官在哪儿？他一直到最后也没走到的最高法院在哪儿？他举起手，叉开手指。

但是一个先生的手掐住 K 的喉头，另一个先生把刀刺入他的心脏，并在那里转动两下。K 的眼睛渐渐模糊了，他还看见，那两个人头挨着头，就紧靠在他的脸前观察这次裁决。“真像一条狗！”他说，意思似乎是，他死了，耻辱却长久留下来。

这部长篇小说写于 1912–1914 年间，它的写作时间迟于《失踪者》，但由勃洛德整理出版的时间早于《失踪者》(1925)，如其他两部长篇一样，也是一部未完成的作品。